宿命の物語を創造する

宮本輝の小説作法 Part Ⅰ

真銅 正宏［著］

追手門学院大学出版会

はじめに―小説の書き方について―

宮本輝は、自らが小説を書き始めることとなった事情について、例えば「命の力」（『出会い』一九八二年三月）に以下のように述べている。広告代理店に勤務していた頃の話である。

ある雨の日、（略）雨やどりのために、一軒の本屋に入り、文芸雑誌を手に取った。そして一篇の短篇小説を立ち読みした。短い小説なのに、最後まで読み切れなかった。おもしろくなかったからである。突然、真実突然に、私は小説家になるぞと決心した。俺なら、もっとおもしろい小説を書いてみせる。そう思ったのである。

この話についてはよく知られたもので、例えば林真理子との対談（『週刊朝日』二〇一五年五月八日～一五日）でも次のように語っている。

林　有名な話ですけど、若き日の宮本さんが文芸誌を読んで、「こんなものなら自分も書ける」と思って小説を書き始めたんでしょう？

宮本　雨宿りで本屋さんに入って文芸誌を立ち読みしたんですけど、つまらなくて、つまらなくて。そのうちおもしろくなるかと思ったら、最後までつまんなかったの。「これが有名な文芸誌の巻頭を飾る短編なのか。これよりもっといい小説、俺、明日書いてやる」と思ったの。（略）まあ、明日には書けなかったけどね（笑）。

これらの挿話からも、宮本輝が当初から求めていた小説が「おもしろい小説」であったことは明らかである。

さらに言うならば、それは、「俺」が「書いてみせる」ことが可能な小説である。「おもしろい」小説は、創り出されるものであるという意識が透けて見える。

これは、言い換えれば、書き方がよければ、おもしろい小説になる、ということでもあろう。もちろん、素材とテーマが小説にとって重要な要素であることはいうまでもない。しかし、これを活かすためには、やはり作家の手法も問われるであろう。

宮本輝が小説を説明する際に使う言葉に、「シュポンターン」というドイツ語がある。例えば『新潮』四月臨時増刊『宮本輝』（一九九九年四月）に収められた「宮本輝おおいに語る」というインタビューにおいては、この語について以下のように説明している。

ドイツ語にシュポンターン（ＳＰＯＮＴＡＮ）と言う言葉があります。偶発的なもしくは作為的・人為的な、という意味で、つまり、正反対な二つの訳があってどっちも正しいわけ。（略）なにげなくふっと湧いて出るということが、僕は芸術における最高のものだと思うんですね。それは誰も真似することができない。それは「僕」の中からしか絶対に湧いて出てこないし、構築し、方法を駆使しても絶対に出てくるものではない。（略）
偏に天分次第なりなんや。しかし天分を磨く方法もあるはずやと思う。（略）
偶発的なもしくは恣意的な。それはどっちも間違いではないし、足して二でもないんや。これが分かるか分からへんかだと思う。

ここに書かれた、「偶発的なもしくは恣意的な」もの、「作為的・人為的な」ものが、作者固有の方法に関わる概念ではなかろうか。そうして、宮本輝にも、この意味において、方法的な特徴が認められるのではないか。このような方法について、本書においては、明らかにしたいのである。

このインタビューは、一九九八年一〇月九日の日付があり、二〇年以上も前のものであるが、ここで宮本輝は、「これからの宮本輝」について訊かれ、以下のように答えている。

もし読者に、宮本輝はこういう作家だ、宮本輝はこうあらねばならない、というイメージがあるとしたら、これからはそこから自由になりたいですね。自分が崩したくない小説の作法や技法はありますよ、けれども何か宮本輝というものの持っていた固い鎧のようなものがあったとしたら、それをいっぺん崩してみたい。崩して自由になりたい。では自由になるにはどうしたらいいかと言うと、やっぱり素材だと思うんですね。

この時点から、実に多くの「素材」をもとに、実に数多くの小説が書かれた。「固い鎧」は見事に崩されたようである。しかし、「崩したくない小説の作法や技法」も守られたようである。

敢えてこの「作法や技法」の側面に注目することで、宮本輝文学に一貫するものと、それぞれの小説において新たに試みられたものの双方について、じっくり探究してみたいのである。

※本書中における宮本輝作品の引用文は、一九九二年までの作品については、『宮本輝全集』全一四巻（新潮社、一九九二年四月）に拠り、それ以降の作品については、初刊本に拠った。

【目　次】

第一章　「泥の河」

―中之島・音による「大阪」の再現―

一、現実らしさと虚構性

小説に描かれた世界を、我々は通常、現実空間の再現として読む。しかしながら、それはあくまで文字と言葉によって構築されたものに過ぎない。このことは、非現実的な空間を描く幻想譚を読めば明らかである。「泥の河」も同様である。この世界は、いかにも、大阪のあのあたりにありそうな話である。また、作者本人の体験に基づくことも明らかになっている。しかしながら、言葉で作られたものであることに変わりはない。例えば、安治川のことを、大きな川、といってもよいし、汚い川、と呼んでもよいし、また、「泥の河」と呼んでも、どれも間違いではないが、そこには、読者のイメージ喚起に大きな差が生じる。

「泥の河」は、一九七七年七月、『文芸展望』に発表され、第一三回太宰治賞を受けている。こののち発表されることとなる「螢川」(『文芸展望』一九七七年一〇月、芥川賞受賞)、「道頓堀川」(『文芸展望』一九七八年四月)とともに、川三部作と呼ばれていることはよく知られているとおりである。自伝的小説と呼ばれることもある。確かに実にリアリスティックな語り口の作品と言える。

しかしながら、この作品に描かれた世界は、必ずしも現実的な出来事ばかりではない。むしろ非現実的な要素の方が、この作品の基調を作り上げている。例えば冒頭には、馬に荷を引かせてくる男の死が書かれている。彼は、来月トラックを買うことになっていると語っていた。未来に商売上の発展が予想される存在である。その彼が、自らの鉄屑を満載した荷車に轢かれて、あっけなく死んでしまう。また、「やました丸のお爺ちゃん」と呼ばれる、ごかい取りの老人が、信雄が一瞬眼を逸らした間に、視界から消えているという場面もある。結局死体は上がらないが、それからそのお爺さんを見ることもなくなったので、その死は確実である。このような死が、あたかも日常茶飯事であるかのように描かれる。ここには作者の戦略の存在が窺える。確かにこのような死は、事実であったかもしれない。しかし、この小説においては、それ以上に、作品の空気を演出するために効果的に書き込まれているというべきであろう。日常生活において、死は、それほども近くにはないからである。

また、作中の燃える蟹のエピソードは、幻想的な場面である。


大きな茶碗にランプ用の油を注ぐと、喜一はその中に蟹を浸した。

「こいつら、腹一杯油を呑みよるで」

「どないするのん?」

「苦しがって、油の泡を吹きよるんや」

喜一は声を忍ばせてそう言うと、舟べりに蟹を並べ、火をつけた。幾つかの青い火の塊が舟べりに散った。動かずに燃え尽きていく蟹もあれば、火柱をあげて這い廻る蟹もいた。悪臭を孕んだ青い小さな焔が、何やら奇怪な音をたてて蟹の体から放たれていた。燃え尽きるとき、細かい火花が蟹の中から弾け飛んだ。それは地面に落ちた線香花火の雫に似ていた。

「きれいやろ」

「……うん」


この少年特有の残酷さがある場面は、読者の場面想像力を強く喚起する。

ところが、この場面について、小説どおりに映像化しようとした映画監督の小栗康平がぶつかった現実を示す実に興味深いエピソードがある。二〇〇六年五月二七日に、追手門学院大学の「宮本輝ミュージアム」の開設一周年記念イベントとして行われた、宮本輝と、一九八一年に「泥の河」を映画化した小栗康平との対談の中での話である。これについては、「追手門学院大学・宮本輝ミュージアム開設1周年記念対談」として、『読売新聞』

二〇〇六年六月二五日に掲げられた記事の中の、小栗の次のような言葉として残されている（司会は野間裕子・読売新聞大阪本社編集委員）。

司会　撮影で苦労したところは。

小栗「小説家って、なんて嘘つきなんだろう（笑い）」と思うことばかり。例えばカニが燃えながら動くシーン。映画では本当に動かさなければいけないが、実際はカニに火をつけると一瞬で燃え尽きる。そこで甲羅の上に断熱材を置き、その上に火をつけて、糸で引っ張った。言葉で書かれたものが絵になるかどうかは、また別の問題だ。

小説の中の出来事が、必ず現実に起こり得ることでなければならないという決まりはもちろんない。小説の魅力は、むしろ、現実にないことを可能にすることである。

宮本輝自身も、「「泥の河」の周辺」（『聖教新聞』一九七七年七月四日）の中で、以下のように述べている。

私たち一家が土佐堀川の川すじに住んでいて、ある時期北陸のほうへ引っ越していったことを除けば「泥の河」はすべてフィクションである。近松門左衛門は「虚と実の、皮と膜のような相違」云々と述べたそうだが、まさに至言に違いない。ただその虚と実のあいだにある皮膜には、血も通っていなければならぬと私は思う。その血こそが、芸術における〈芸〉であるような気がするのである。

このような「芸術における〈芸〉」についての考え方は、作中のお化け鯉のシークエンスに典型的に表されている。作中のお化け鯉は、「実際、鯉は信雄の身の丈ほどもあった。鱗の一枚一枚が淡い紅色の線でふちどられ、丸く太った体の底から、何やら妖しい光を放っているようだった」と描かれ、やや作り物めいて見える。またこの鯉が作品の末尾で廓舟の後を追いかけて行くという設定も、その裏に作者の構成意図が透けて見えるようでやや作り話めいている。しかしその存在感は絶大である。このお化け鯉が象徴するものこそ、この小説が、現実的世界と非現実世界との間に位置するものであるという事実なのではなかろうか。

小説においては、いかにも嘘っぽいというレベルばかりが、虚構の謂いを用意するのではない。虚構とは、現実にあるかどうかを留保した上で、意図的に構築された点に関わる概念であろう。この作品には、したがって、虚構性と現実空間の関係が、意図的に示されているものと予想される。

二、作品の構造と大阪

作者の創作意図を示すものとしては、作品構造の明確さを指摘することができる。物語は、板倉信雄という川筋のやなぎ食堂の息子である小学二年生の少年が、舟の家、いわゆる廓舟の一家と出会い、そして別れていく、という始まりと終わりをもつ。一家は、廓舟の私娼である母と、松本喜一という信雄と同年の少年、およびその姉で、銀子という少女の三人からなる。この出会いと別れは、川の支流という形で既に冒頭部で形象化されている。川や舟、そして遡及などという語が、実に明快な象徴体系を作り上げている。

堂島川と土佐堀川がひとつになり、安治川と名を変えて大阪湾の一角に注ぎ込んでいく。その川と川がまじわるところに三つの橋が架かっていた。昭和橋と端建蔵橋、それに船津橋である。

藁や板きれや腐った果実を浮かべてゆるやかに流れるこの黄土色の川を見おろしながら、古びた市電がのろのろと渡っていった。

この冒頭部は、「泥の河」というタイトルのもとになったものとも考えられる。ただし象徴体系を読み取る行為は読者側に属し、他者に明示するには、自由であるが、証明のためには説得力を必要とする作業で、多様な解釈が可能である。例えばこの冒頭の二文における堂島川と土佐堀川との出会いは、信雄と、喜一少年の姉弟との出会いを象徴するものとも考えられる。一緒に流れていくと思われたものが、結末部近くでは次のように描かれている。

　ちょうど舟の家は、湊橋をくぐって川上に上って行こうとしていた。

つまり、再び上流へと向かったのである。土佐堀川を遡っていくこの舟は、二つに分かれていた川を遡ることで、その運命が再び分かれたことを示すと考えられる。そもそも、舟の上の生活自体が、「奥の細道」の冒頭部にも書かれた流浪のイメージを示す。またそれは、大人になってから、少年時代を振り返る時間の遡及をも譬喩しているとも考えられる。この作品は、一見少年の視線の物語に見える。わざとその視線の主を少年とすることで、廓舟という稼ぎの性の生々しさを消しているともいえよう。その一方で、銀子という少女を通して、エロティシズムが逆説的に浮上してくる。この少年期の独特のエロティシズムへの読者の郷愁こそは、最後に舟の家が遡っていくことと見合っている。これは、さらには大阪という土地自体の、昔の空気への郷愁と重なるとも言えよう。

もう一つ、この小説には、大切な要素が書かれている。それは、大阪弁という文学言語である。これは、東京中心の文学言語に対し、周縁性の問題を形成する。考えてみれば、登場人物が子供であり、下層階級であり、娼婦であることもまた、大人や一般社会などに対しての周縁からの視線を用意する。周縁要素を殊更に描くことで、中心を逆照射する方法は、小説作法として常套のものである。周縁の方が、中心よりも、物事を示しやすい。この周縁を扱う作品に、大阪弁という、標準語に対する周縁的な言語が鏤められることにより、内容と見合った形式上の周縁性が形象化されている。

このことには、例えば先に挙げたお化け鯉の象徴性なども含まれる。鯉は、水面下の大きな謎の主として、何かを象徴している可能性は高いが、最後まで謎のままである。象徴は、その対象が不明である場合には、効果は得られない。ここにはむしろ空白を見て取るべきなのかもしれない。一貫して登場しはするが、意味は必ずしも明らかではない。これは、あるいは信雄の、また喜一や銀子の置かれていた、極めて中途半端な状況と見合っているとも考えられる。信雄は特に、この舟の家が、どのような性格のものかを、完全に把握することはできていないはずである。確かにそこに、エロティックな香りを感じ取っていることも確かであるが、小学二年生に、私娼という存在、廓舟の存在の完全な理解は不可能と思われる。このような、感覚的な理解と実際の不可解さの間にある、中途の感覚こそが、このお化け鯉が象徴したかったものではなかろうか。

信雄は、この、通常は蔑視されるべき廓舟の一家と交流することで、感覚的に何かを学んだようである。このようなものは、しかしながら、確かに形象化することは困難なものである。この作品は、いわば、イメージの形象化を目指したものと言えるかもしれない。イメージなる形無き物の形象化は、小説というものが目指す本来的な対象である。形が明確なものは、描写すれば済む。敢えて小説という形を採らなくともそれは、可能であろう。しかしながら、イメージの中にしか捉えられない感覚などの要素は、形象化は困難である。他のイメージに置き換えるという、メタファーの方法でしか伝えられない。そのメタファーこそが、お化け鯉なのであろう。そしてそのメタファーとしての鯉を活かしながら、隠しているもの、それが濁った「泥の河」である。したがって、「泥の河」とは、小説というジャンルの特性を隠してしまう、世間の自動化し制度化した思考、世間の常識的な現実感覚をもって小説というジャンルをも測ってしまう、我々の盲目的な発想を示唆しているのかもしれない。しかしここまで読み取るのは、さすがに困難である。

三、大阪の地名の魅力と時代設定

ところで、先に見た、「堂島川と土佐堀川がひとつになり、安治川と名を変えて大阪湾の一角に注ぎ込んでいく。その川と川がまじわるところに三つの橋が架かっていた。昭和橋と端建蔵橋、それに船津橋である」「ちょうど舟の家は、湊橋をくぐって川上に上って行こうとしていた」という二つの文章に登場する、堂島川、土佐堀川、安治川、昭和橋、端建蔵橋、船津橋、湊橋などの地名は、大阪でも、すべてがすべて、よく知られたものではない。しかし、実に忠実に、固有名詞として描かれている。これらの文章は、例えば、「二つの川がひとつになり、大阪湾の一角に注ぎ込んでいく。その川と川がまじわるところに三つの橋が架かっていた」「ちょうど舟の家は、橋をくぐって川上に上って行こうとしていた」というような文章と、どこが違うのであろうか。

文章の意味としては、さほど変わらないかもしれない。また、これらはさほど知られていない川や橋の名前を含むので、固有名詞が書かれていても、それを再現できる読者も限られる。

それでも、このような固有名詞を、現実の場所に忠実に書くというのは、どのような意図があるのか。

ここには、固有名の記号学的な機能という問題が関与していることがわかる。

柄谷行人の『探究Ⅱ』（講談社、一九八九年四月。なお引用は講談社学術文庫『探究Ⅱ』講談社、一九九四年四月に拠った）の第一部「固有名をめぐって」には、以下のような議論が紹介されている。

「固有名」の問題は、西洋中世の「普遍論争」に端を発している。それは実念論（realism）と唯名論（nominalism）との間で繰り広げられた普遍概念をめぐってのものである。柄谷の用いた例を使えば、それは、先ず犬という概念があって個々の犬が見出されるのか、個々の犬がいるから犬という概念ができあがるのか、という議論である。これは普遍概念と個体の共通名称の対立とされるが、以後の哲学においては、後者のうちその個体性が重視されていく方向に展開し、それが「固有名」であったことが忘れられていく。

近代哲学が「私」から出発した時、それは「特殊性」としての個体から出発したのであり、その際「単独性」としての個体である「この私」の「この」は隠蔽されてしまった。「固有名」だけは、一般化しえない「単独性」をも指示する。柄谷が「固有名」にこだわるのも、この「単独性」の回復を目指すからである。『探究Ⅱ』には次のように書かれている。

近代小説に生じたことは、近代哲学に生じたことと並行している。それはアレゴリーのように一般概念を先行させるかわりに、個物をとらえようとする。しかし、それはけっして単独性としての個物に向かうのではない。その逆に、それはいつも単独性を特殊性に変えようとするのだ。いいかえれば、特殊なもの（個物）を通して一般的なものを象徴させようとするのである。近代小説とは、ベンヤミンがいったように、そのような象徴の装置である。たとえば、われわれはある小説を読んで、まさに「自分のことが書かれている」かのように共感する。このような自分＝私は、「この私」ではない。

だれも「この私」を、あるいは「この物」を書くことはできない。書こうとすれば、それはただ特殊性を積み重ねるだけである。「この私」についてどんなに説明しても、それは一般的なものの特殊化（限定）でしかない。

言葉自体がそのような機能を持っているのであるが、「単独性」は、小説では描けない。それはあくまで、「特殊性」にしかすぎないからである。

この小説でなぜ宮本輝が固有名にこだわったのか、という点については、ひとまずそれが、どこにでもある橋の特殊なもの、ではなく、正に、そこに、その時代に存在した、その橋である、ということを、強調したかったものと考えられる。しかしながら、それは「特殊性」としてしか読者には届かない。「単独性」を示す橋としては、表現することは不可能なのである。さらに、私たちが今、あの場所に見る同じ名前の橋と、宮本輝が書こうとした橋とは、同じであって、同じではない。描こうとするが、描ききれないものが残る、というのが、いわば固有名の表現の特徴とも言える。それでも、その試みの痕跡が、固有名には示されるということもできる。「単独性」から、「特殊性」を経て、二重の間接性を経てでも伝えたい、当時のあの端建蔵橋や昭和橋が、そこに、表現そのものではなく、表現意図として示されるのである。

これには、この小説の舞台がいつ頃の大阪なのか、という問題も、当然ながら関わってくる。作品には「昭和三十年の大阪の街には、自動車の数が急速に増えつづけていたが、まだこうやって馬車を引く男の姿も残っていた」との記述が見える。「市電の轟音や三輪自動車のけたたましい排気音」が聞こえる昭和三〇年すなわち一九五五年の風景とは、以下のようなものである。

安治川と呼ばれていても、船舶会社の倉庫や夥しい数の貨物船が両岸にひしめき合って、それはもう海の領域であった。だが反対側の堂島川や土佐堀川に目を移すと、小さな民家が軒を並べて、それがずっと川上の、淀屋橋や北浜といったビル街へと一直線に連なっていくさまが窺えた。

これは正しく、一九四七年生まれの宮本輝の少年時代の大阪である。ちなみに、信雄は男に「八つや。二年生やで」と答えているので、宮本輝と同じ一九四七年生まれと推測される。

芝村篤樹『都市の近代・大阪の20世紀』（思文閣出版、一九九九年九月）には、次のように書かれている。

一九五五年の大阪府の人口が、四〇年の水準をほぼ回復したのに対し、大阪市の人口は、一九四〇年を一〇〇とする指数で七七・一、実数では約七五万人減と戦争の痛手から回復できていない。（略）大阪市内では、空襲の被害の大きかった臨海部・都心部の人口が、指数三九・〇、五一・八で戦前に比べて大幅に減少し、逆に南部の人口は戦前を上回っている。

この事実は、あまり認識されていないかもしれない。
また、日常生活についても芝村は次のように書いている。

テレビは、一九五三年にＮＨＫが本放送を開始し、力道山の活躍でプロレスが大人気をよんだ。しかし、当時の受像機は二〇万円以上もし、一九五五年の大阪でのテレビの普及率は、二・一％にとどまっていた。家庭での楽しみはラジオであった。大人は「君の名は」（一九五二年四月開始）に熱狂し、子どもは「笛吹童子」（一九五三年一月開始）が始まるまでには、遊びをやめて家に帰った。テレビ・冷蔵庫・洗濯機を「三種の神器」として、電化ブームが起こるのは、それから約三年後である。

たとえ自分が直に吸っていた時代の空気であっても、その再現は、記憶だけではもちろん困難である。作家は、例えば自分の過去に実際に体験した風景であっても、記憶を確かなものにするために、調査することが考えられる。しかし、この作業は、実は意外に困難なものである。著名な場所の写真などは残っていても、自分が暮らした場所や風景は、思うようには残っていないのが通常であろう。写真が今より貴重であった時代には、人物が中心で、家族写真に風景写真が残っていることは稀なのではないか。さらに、プライベートな動画などはまず一般的には残っていない時代であろうから、音や匂いなども、記憶に頼るしかないのが実情である。

それでも、宮本輝は、以下のように、これらについてもかなり丁寧に書き込んでいる。そこには、逆に、読者の再現を期待し、これを求める姿勢が感じられる。

一杯のかき氷を、信雄と男は向かい合って食べた。信雄は男の顔にある火傷のあとをそっと見た。左の耳が熔けたようになってちぎれていた。信雄は、おっちゃんの耳どないしたんと訊いてみたいのだが、言おうとするといつも体が火照ってくる。
「終戦後十年もたつ大阪で、いまだに馬車では稼ぎもしれてるわ」
「トラック買うてほんまかいな?」（略）
苺色の冷たさがきりきりと脳味噌に突きあがってくる。信雄は匙を口にくわえたまま、思わず身を捩らせた。（略）
「ほんまにいっぺん死んだんや。そらまざまざと覚えてるでェ、あの時のことはなあ。真っ暗なとこへどんどこ沈んでいったんや。なにやしらん蝶々みたいなんが急に目の前で飛び始めてなあ、慌ててそれにつかまったひょうしに生きかえった。確かに五分間ほど息も脈も止まってた……わしをずっと抱いててくれた上官が、そない言うとった。死んだら何もかも終わりやいうのん、あれは絶対嘘やで」（略）
「きょうは重たいもん積んでんねん。船津橋の坂、よう登るやろか……」
暑い日である。市電のレールが波打っている。（略）
馬の蹄がどろどろに熔けているアスファルトで滑った。信雄の頭上で貞子が叫び声をあげた。
突然あともどりしてきた馬と荷車に押し倒された男は、鉄屑を満載した荷車の下敷きになった。後輪が腹を、前輪がくねりながら胸と首を轢いた。さらに、もがきながらあとずさりしていく馬の足が、男の全身を踏み砕いていく。

再現力の高い表現と言えよう。

場所の空気や時代の空気は、視覚的要素だけでは不十分である。匂いや、音、時には、そのとき食べたものの味や、触れたものの触感などによって、記憶に留まっているものもある。小説家のうちにも、これらに意識的な作家とそうでない作家がいる。

宮本輝は、どうやら、五感による再現を読者に求めるタイプの作家のようである。

四、音による「大阪」の再現

「泥の河」における音の表現を通じて、一九五五年、すなわち昭和三〇年前後の「大阪」について、その時代の様子と特徴を追ってみたい。

先にも触れたが、冒頭近くには、この作品の舞台が、大阪湾から近い土地であることに触れて、「実際、川と橋に囲まれ、市電の轟音や三輪自動車のけたたましい排気音に体を震わされていると、その周囲から海の風情を感じ取ることは難しかった」という文章が見られる。このことは、反対に言えば、市電や三輪自動車の音が、この土地の街としての性格を前景化することを示している。

市電については、松尾理也「大阪市電　車が消した〝市民の足〟」(『産経新聞』一九九九年三月二八日、大阪府内版『大阪の20世紀』、なお引用は、産経新聞大阪本社社会部『大阪の20世紀』東方出版、二〇〇〇年七月に拠った) に、以下のとおりまとめられている。


日本最初の公営路面電車として大阪市電が開通したのは、明治三十六年九月十二日。区間は、現在の西区九条新道にあたる「花園橋」から大阪港の「築港桟橋」までの五キロだった。(略)

発展を続ける大阪の庶民の足として、市電は明治四十一年に東西線（九条中通―末吉橋間）、南北線（梅田―恵美須町間）が開通。その後も次々と新線が建設され、大阪の町を網の目のようにカバーすることになった。だが、戦後になって、モータリゼーションの発達と、地下鉄網の整備が重なり、大阪市電は次第に利用客を奪われていく。昭和四十四年四月一日、ついに六十五年間の歴史の幕を閉じる。

この記事からはややわかりにくいが、一九五五年、すなわち昭和三〇年前後は、後に見るとおり、「モータリゼーション」の発達期であり、市電と自動車が同じ道路上を激しく行き交うピークの時代であったと見ることができる。

一九五五年前後の三輪自動車の普及については、片山三男「戦前・戦後の三輪自動車産業についての一考察」（『国民経済雑誌』二〇〇九年六月）に、次のような記述が見える。

１９５３年（昭和28年）６月の朝鮮戦争休戦とともに特需ブームも終焉、その反動で一時日本経済は不況に陥った。しかし特需で再生復興の糸口を掴んだ自動車産業は比較的堅調に成長、特に三輪自動車産業は好調で戦後第１次のピークを記録した。

しかしながら、四輪の小型自動車の生産も増え、同論文に拠ると三輪自動車はすぐさま以下のような状況に陥る。

一方、三輪自動車の生産台数は伸び悩み、小型三輪車が小型四輪車（乗用＋トラック）に逆転されたのは１９５７年、小型三輪トラックが小型四輪トラックに抜かれたのは１９５８年、軽三輪トラックが軽四輪トラックに抜かれたのは1961年である（略）。車種間の競争としてみれば、三輪自動車はこの段階で将来性と汎用性の点から四輪に劣ると判断されたのであった。

以上の記述からも、一九五五年前後とは、正に三輪自動車から四輪自動車へと主役が交代する、街の自動車の風景の端境期だったと判断される。もちろん、三輪自動車がすぐさま消えたわけではない。むしろ、一九五七年八月に街を走り始めた、ダイハツ工業の軽三輪自動車「ミゼット」などについては、前田雅紀「ミゼット物語　高度成長期を快走」（『産経新聞』二〇〇〇年二月二七日、大阪府内版『大阪の20世紀』、なお引用は、産経新聞大阪本社社会部『大阪の20世紀』東方出版、二〇〇〇年七月に拠った）には、「「ミゼット」は軽三輪の代名詞となった。「街のヘリコプター」とも呼ばれ、ミゼットを乗り回す大阪の商売人たちは「浪速の名車」と胸を張った」とも書かれている。商都大阪においては、この後しばらく、小回りの利く軽三輪自動車は街の顔であった。

ここで確認しておくべき点は、市電の「轟音」と、三輪自動車の「けたたましい排気音に体を震わされていると」という表現からわかるとおり、馬車などの時代から高度経済成長期に向かった転換の空気であろう。

街の音に戻る。川沿いであることが、特別な音も提供している。小説には、「昭和三十年の大阪の街には、自動車の数が急速に増えつづけていたが、まだこうやって馬車を引く男の姿も残っていた」と書かれているが、馬車の男が信雄の店に立ち寄る場面では、「馬が水を飲む音と、遠くから聞こえるポンポン船の音が、蒸暑い店の中で混じりあっている」と描かれている。ここには、馬車から自動車へと移り変わる過渡期の時代性と、川沿いであるがゆえにそこに船の音が混じる土地の特徴が、音によって表現されているわけである。他にも、「遠くから貨物船の汽笛が鳴り響き」という表現も見られる。

時代は、正に高度経済成長期である。詳細は不明であるが、作中にも「鋸や金槌を使う音が河畔のあちこちで響き、それに混じって子供たちの歓声も聞こえてきた」という表現も見える。子供たちが多いのも、この時代の特徴と言えば言えよう。

廓舟の喜一が初めて信雄の家を訪れた際、「ここは御国を何百里／離れて遠き満州の／赤い夕陽に照らされて／友は野末の石の下」「戦いすんで日が暮れて／捜しに戻る心では／どうぞ生きていてくれよ／ものなと言えと願うたに」という歌を歌い、うまいと褒められている。これはよく知られるとおり、真下飛泉作詞、三善和気作曲の軍歌「戦友」で、日露戦争を歌うものである。歌詞からも窺えるとおり、やや厭戦的な内容で、メロディーもとても勇ましいとは言えないものである。そのために太平洋戦争中はあまり歌われなかったとされるが、よく知られていることからも類推されるとおり、当時の人々に愛されたことも事実である。このとおり、この小説には、直接間接に反戦的要素が鏤められている。ちなみに、喜一は「ものなと言え」と歌うが、通常は「ものなど」と歌われる。その音から、大阪弁がほのかに感じ取られる箇所である。

「泥の河」には、晋平が廓舟の姉弟の父親について、「あそこの親父も、戦争で受けた傷がもとで死んだそうや」「（略）……戦争は、まだ終わってないでェ、なあ、のぶちゃん」と信雄に告げる言葉も見られる。そういう晋平にも「背中から脇の下に抜けた貫通銃創の、大きな傷痕」がある。昭和三〇年前後は、高度経済成長期の入り口であると同時に、戦争の傷跡も鮮明に残っていた。ここにも過渡期の時代性が認められる。

さて、この作品の一つの重要なシークエンスである、信雄と喜一が、天神祭の日、大阪天満宮ではなくやや近い「浄正橋の天神さん」に出かける場面でも、祭の音が丁寧に書き込まれている。

> 遠くでだんじりのお囃子が響いている。（略）堂島川のほとりを上っていき、堂島大橋を渡って北へ歩いて行くうちに、お囃子の音が大きく聞こえてきた。（略）にわかに大きくうねりだした祭り囃子に耳を傾けていると、信雄はなにやら急に心細くなってきた。（略）
> 「きっちゃん、きっちゃん」

信雄の声は、子供たちの喚声や祭り囃子に消されてしまった。（略）何人かの足を踏み、ときどき怒声を浴びて突き飛ばされたりした。境内の手前にある風鈴屋の前でやっと喜一に追いついた。赤や青の短冊が一斉に震え始め、それと一緒に、何やら胸の底に突き立ってくるような冷たい風鈴の音に包み込まれた。（略）二人は縺れ合いながら、少しずつ祭りの賑わいから離れていった。（略）二人はとぼとぼ河畔を帰って行った。風の加減で、祭り囃子の音がにわかに大きく聞こえたりすると、二人は申し合わせたように立ち停まって、無言で互いの顔を窺い合った。

このとおり、この祭のシークエンスには、あたかも映画のバックグラウンドミュージックの如くに祭り囃子がずっと寄り添っていたのである。

この次に続くのが、舟の上での蟹を燃やす、先に述べた実に印象的な場面である。ここにも想像力に訴える視覚的要素に加え、さりげなく、しかしながらしっかりと音が書き込まれている。以下のとおりである。

舟べりに置かれた竹箒の中から、無数の蟹が這い出てきて、いつのまにか座敷の中を這い廻り始めた。舟の中の、ありとあらゆるところから、蟹の這う音が聞こえてきた。それはベニヤ板の向こうからも聞こえていた。花火が夜空にあがっていく音にも似ていたし、誰かが啜り泣いているような音にも思えた。

信雄は舟の中に身を屈めて、その不思議な音に耳を澄ましていた。ポンポン船が川を上ってくる音で信雄は我に返った。

このとおり、重要な場面に聞こえてくる音を、どれだけ意識し、再現するものかは、読者によりさまざまであろう。しかしながら、読者がこの音を確かに聞き取り、それをも手がかりに場面を再現する際、そこに豊かな作中空間が確かな存在感をもって拡がることだけは、容易に想像されるのである。

五、五感の想像力と虚構空間

この作品は、他にも、「烈しくなった雨や風の音」などに加え、水道の無い廓舟の「水甕の底をさらうひしゃくの乾いた音」といった、象徴的な音、さらには、夫の提案する新潟行きに反対する母貞子の「川風に乗って聞こえてきた祭り囃子に紛れ込んでいく」泣き声や、廓舟で男に抱かれる喜一の母親の姿を覗き見てしまった信雄の「河畔に響き渡るような」泣き声など、人間に関わる音も数多く描かれている。

さらには、聴覚的要素だけではなく、他の五感も書き込まれている。特に印象的であるのは、嗅覚的要素である。例えば、喜一の母親に、信雄が初めて、その廓舟の「部屋」に招き入れられた場面には、以下のように書かれている。

部屋の中にそこはかとなく漂っている、この不思議な匂いは、霧状の汗とともに母親の体から忍び出る疲れたそれでいてなまめいた女の匂いに違いなかった。そして信雄は自分でも気づかぬまま、その匂いに潜んでいる疼くような何かに、どっぷりとむせかえっていた。

そしてこの匂いは、その後も信雄の想像の中で何度も再現されている。例えば、「信雄の心の芯を熱っぽく包み込んできた母親のあの匂いを、黄色いランプの下にとじ込めたまま、舟の家は、真っ暗な川の縁にひたひたと打ちつけられているのだった」という表現や、娘の銀子についての「信雄は銀子に体を寄せた。あの母親とよく似た匂いが、銀子の体からも漂ってきそうな気がしたのだった」という表現は、実際に嗅いだ匂いではないが、読者の中では、同様に喚起されるものと考えられる。

お化け鯉や青く燃える蟹という、幻想的で、実在に確証が持てないような視覚的虚構物と、音と匂い、さらには、直接の味の表現は書かれていないが、父晋平の焼くきんつばや、かき氷、舟の母親が出してくれた黒砂糖、新潟に引越しすることが決まったことを聞いた馴染み客の「おばはんの作るまずいけつねうどん、もう食べんですむかと思たら、ほっとするわ」という言葉などから想像される味覚や、信雄が銀子に足を洗ってもらったことを思い出し、「突然、少女の優しい指の動きが、さらには背筋を這い昇るそのくすぐったい感触が、切ない、そして寂しいものとして信雄の足先に甦ってきた」という表現に典型的に示されている、記憶の中で再現される触感など、この小説には、五感の表現が満ち溢れている。

これら五感の表現は、読者の想像力を喚起するためには、感覚的であるがために、最も直接的に働きかける要素であると判断される。そこでは、その時間であるのかと、記憶の中の時間であるのかの差異はさほど気にならない。その場と記憶の中の空間の差異が、現実空間と虚構空間の差異へと変奏され、その境界を曖昧にするとも考えられる。小説は、そこが現実空間であるかのようなふりをしつつ、虚構空間として構築された後には、そこで起こることやそこにある風景の確からしさを読者に再確認はしない。確からしさの根拠は、再現された感覚だからである。

このような仕組から、「泥の河」という現実空間らしさと虚構性とを併せ持つ作品は、しっかりとした世界を構築することに成功しているのである。その鍵は、読者の想像力を喚起するために用いられた、五感の再現という手法であった。音は、その代表的存在である。

読者の再現によって初めて、虚構空間が存在感を主張する。この読書の基本的な性格を、敢えて主張し、明示するこの作品は、小説空間の虚構性に殊更に意識的な作品と言えよう。作者宮本輝の幼少期の記憶を素材としてもつこと以上に、この虚構空間の確かな構築にこそ、この作品の価値を見出すべきではなかろうか。

第二章　「螢川」

―富山・芥川賞の意味―

一、芥川賞受賞の経緯

「螢川」は『文芸展望』に一九七七年一〇月に発表された。七月に同じ『文芸展望』に発表した「泥の河」で文壇デビューしたばかりの宮本輝は、この年三〇歳で、一九七五年八月に、サンケイ広告社を退社し作家を志してから、既に二年の月日が経っていた。宮本輝は、いわば勝負の年とでも言うべき時にいた。この年の四月二八日、「泥の河」が第一三回太宰治賞を受賞したことは、彼にとっては大いに自信となったことと思われるが、文壇に確固たる地位を築くためには、やはり純文学系の代表的な新人賞である芥川賞を受賞することを喉から手が出るほど望んでいたであろうことが想像される。

「螢川」は、一四歳の竜夫を主人公に、一年前に事業が倒産した父重竜、後妻の母千代、竜夫にほのかに思いを寄せる英子、同じく英子に思いを寄せながら用水路で溺れて死んでしまう竜夫の友人関根などを登場人物に配し、富山の自然を背景に、竜夫の思春期特有の心理を描いた作品である。

「泥の河」が、幼年期の主人公を持ちながら、廓舟という社会の底辺をも描き、さらに人の死をも多く描き込んだ作品であったのに対し、「螢川」は、父や関根こそ作中において亡くなるが、出来事としては、思春期に誰もが経験するような心理の移ろいを中心に描いた、虚構らしさが抑えられた作品と言える。特に最後の、竜夫が英子を誘い、母と共に銀蔵に連れられて、数年に一度しか見られない螢の群舞を見に出かける場面は有名であるが、超自然的なものとまでは見なくともよいであろう。一方、「泥の河」には、性や死、家族など、近代文学が好んでテーマとしてきたものが豊富に盛り込まれている。

先に発表された「泥の河」で、芥川賞を受賞しても不思議ではないとも考えられるが、次の「螢川」で芥川賞が与えられたという事実は、どのように理解すればよいのであろうか。作家としての蓄積が評価され、二作目の作品に与えられたということなのであろうか。それとも、やはり「螢川」の方が質的に高いと評価されたのであろうか。ならば「螢川」のどの要素が、芥川賞に結びついたのであろうか。

ちなみに宮本輝は、「泥の河」よりも「螢川」の方が先に出来上がっていたという事実を明かしている。もしこれが事実ならば、よけいに、芥川賞授与の判断基準が知りたくなる。

「第七十八回芥川賞選評昭和五十二年下半期」（引用は『芥川賞全集』第一一巻、文芸春秋、一九八二年一二月、に拠った）には、選考委員の選評が掲載されている。この期は、宮本輝の「螢川」と高城修三の「榧の木祭り」に授賞されたが、「螢川」については、次のような言葉が見える。

先ず丹羽文雄が、次のように語っている。

「螢川」は最後の螢の群舞のところで、生彩を放っている。それが鮮やかな出来映えなので、びっくりするほどの感銘をうけた。

瀧井孝作もまた、これと同様に結末を絶賛する。

宮本輝氏の「螢川」は、父親の亡くなったあとの少年と母親とその周囲との物語。越中弁で描いてあってもわかりやすい作で、しまいの螢の光景は、この世のものとも思えない程、美しい感じがした。

同様に、中村光夫も次のように結末部に着目しているが、ややトーンが異なる。

宮本輝氏の「螢川」は、これ（「榧の木祭り」―引用者註）にくらべればずっと自分に即した作品です。

はじめから一種の抒情性がみなぎっていて、それが結末の川の螢の描写で頂点に達します。それだけに主人公が、いくら子供でもいい気すぎて、人間関係の彫りが浅すぎるのが気になりますが、これだけの題材をまとめた構成力は立派といってよいでしょう。

ここには、注目すべき指摘が二点ある。先ずこの作品を、「抒情性」という言葉で形容している点。もう一つは、主人公を中心として人間関係について、「彫りが浅い」としている点である。井上靖は、前者の「抒情性」について、次のように書いている。

「螢川」は久しぶりの抒情小説といった感じで、実にうまい読みものである。読みものであっても、これだけ達者に書いてあれば、芥川賞作品として採りたくなる。却って新鮮なものを感ずる。

ここには、井上の考える「芥川賞作品」のイメージが、図らずも提示されている。要するに、「うまい読みもの」や「抒情小説」のあるものは、本来ならば芥川賞の範疇には含まれないが、あまりに「達者」なので、芥川賞としても採りたい、というものである。そこには、書く技術への殊更のこだわりが窺える。

一方、安岡章太郎は、ここに指摘されたようなこの作品の性格を裏返しにして、やや否定的に捉えている。

「螢川」(宮本輝)は、こんどの候補作中、最も難点がなく、文章にも一種独特の雰囲気があり、描写力にも見るべきものがあったが、その反面、何処といって新しさがあるわけでもなく、感受性の若わかしさが感じられるのでもない。せいぜい色の褪せた古い写真をカラー・フィルムでとりなおしたといった面白さがあるだけなので、これ一本を当選作とするのは、何としてもタメラわれた。

このような意見を、さらに強く打ち出したのが、大江健三郎である。

『螢川』は、いま現におなじ時代のうちに生きている若い作家が、ここにこのように書かねばならぬという、根本の動機がつたわってこない。その文学としての特質に賛同するかどうかとは別に、この作家はこれをいま、このように書かねばならぬのだ、と納得する、そのような作家を僕は選びたかった。

しかし（略）宮本輝のイメージ喚起力は豊かであって、かれらが真にかれら自身の主題にめぐりあえば、その実力は発揮されるだろう。

このように、芥川賞が新人賞であることから、選考委員は、若い世代の作家に対して、いわば作品評価以外の要請や期待を持ち、このような評をなすことがある。特に宮本輝は、その語り口の落ち着いた雰囲気から、逆にこのような非難を浴びる場合も多いのであろう。これは、逆に言えば、その文体の完成度の高さを示すものでもある。新人賞の選考は、両義的な基準を持つと言えよう。

最後に、吉行淳之介の評を掲げておきたい。ここで興味深いのは、吉行が「泥の河」にも目配りをしている点である。

「螢川」については、前作「泥の河」の後半が良い意味での抽象的なものに達していた趣は、この作品にはなかった。しかし、全体としての完成度は、前作よりも高い。抒情が浮き上らずに、物自体に沁みこんでいるところが良い。

ここに、「泥の河」との比較評価の典型が見られる。「泥の河」が、素材的にも構成的にも、お化け鯉などを登場させる内容的にも、かなり冒険的なものであるのに対し、「螢川」は、素材や内容の無難さと裏腹の関係にある、その作品としての完成度の高さを評価されるというものである。おそらく、大江健三郎や安岡章太郎は、「泥の河」が候補に挙がっていたならば、こちらを推すのではないか。

この他、遠藤周作も選考委員であったが、「螢川」についての選評は書いていない。以上の八名の選考委員により、八篇の候補作の中から二篇が選ばれた。中村光夫が、総評として次のように書いている。

　全体として今度の候補作には、父親の病気や死を扱った作品が多いことと、結末に劇的（あるいは劇画的）工夫をこらし、題名をそこからとったものとが目立ちましたが、これは作者の制作の態度、あるいは小説観と関係があるように思われました。

正しく「螢川」の構造をまとめ上げたものとも思われるが、これが、他の作品にも共通する傾向であったという点も見逃せない。敢えて言うならば、このような作品が、芥川賞の候補になることが多いということかもしれない。

「螢川」が「泥の河」より、芥川賞に近かった点は、その全体的な完成度の高さ、文体の上手さ、さらには、死を扱い、人間を描く点と、結末に劇的な場面を用意する構成の見事さということと思われる。タイトルも、これらを見事に反映していたため、より高く評価されたものと見える。

二、富山の描写と時代の枠取り

では、具体的に、小説作品の完成度の高さや、文体の上手さなどは、客観的に認めることができるものなのだろうか。

この作品は、「雪」、「桜」、「螢」の三つの章から成り立っている。冒頭は、「銀蔵爺さんの引く荷車が、雪見橋を渡って八人町への道に消えていった」という一文で始まる。そして、「雪は朝方やみ、確かに純白の光彩が街全体に敷きつめられたはずなのに、富山の街は、鈍い燻銀の光にくるまれて暗く煙っている」という文章が続く。その後に、漸く、主人公である竜夫が「いたち川のほとりを帰ってくる」という姿で登場する。

一見すると何気ない記述順であるが、結末まで読んだ後で読み返すならば、ここに、結末において「螢」を見に連れて行ってくれるキーパーソンである銀蔵爺さんが、さりげなく描き込まれていることに気づく。また、富山の街が純白ではなく、「燻銀の光」として描写されている。銀蔵という名前も、こうしてみてくると、意味深くも思えてくる。

この後、「昭和三十七年三月の末」と、時代設定も明確にされる。ここから、作品が発表された時代から一五年ほども以前に、作中時間の設定が為されていることがわかる。

続いて、「煙草買うがに、どこまで行っとるがや。父さん待っとるよ」と、母千代の富山弁が描き込まれ、さらに、「金馬の落語が聞こえていたが、ラジオは調子が悪く雑音が大きかった。竜夫は炬燵に足を入れ、ラジオのアースを舐めた。舌に触れるたびに雑音は消えて、金馬の高い声が澄んだ」と、殊更に時代の雰囲気を醸し出す描写も付け加えられていく。

要するに、この作品は、舞台と時代の枠取りが、極めて明確に為されているのである。

ちなみに、「螢川」とは、冒頭に示された「いたち川」を指すものと思われるが、作中には、そのいわれが次のように説明される。

立山に源を発する清流も広大な田園を縫って枯渇し、街々の隅を辿って濁りきると、いつしかいたち川なども幾分の蔑みをもって呼ばれる川に変わってしまっていた。そしてそれは正しい呼称ではなかった。上流ではまた別の名で呼ばれ、竜夫の住むところよりもっと下流ではさらに違う名がつけられた浅く長く貧しい川であった。

しかし、このようにあまりよいようには書かれない川が、この作品のクライマックスの場面を演出する。螢狩りに行くことを、竜夫が銀蔵と約束した小学校四年生の頃、銀蔵は次のように語っていた。

「降るのよ螢が。見たことなかろう？　螢の群れよ。群れっちゅうより塊っちゅうほうがええがや。いたち川のずっと上の、広い広い田圃ばっかりのところから、まだずっと向こうの誰も人のおらんところで螢が生まれよるがや。いたち川もそのへんに行くと、深いきれいな川なんじゃ。とにかく、ものすごい数の螢よ。大雪みたいに、右に左に螢が降るがや」

そしてこの「雪」の章は、「彼は生まれて初めて、この陰鬱に降りつづく雪を憎んでいた」と書かれた後、「いたち川のはるか上流に降るという螢の大群が、絢爛たるおとぎ絵となって、その瞬間竜夫の中で膨れあがってきた」という、結末を予想させる文章で閉じられるのである。これもまた、作者の強い構成意識の表れと言えよう。「桜」の章は、後に少し触れるが、千代と重竜の一五年前の越前旅行の記憶が重要な部分を占めている。また最後には、関根が神通川の用水路で溺れて死んでしまう。

「螢」の章は、父の死を予感させる場面から始まる。そして、重竜は死ぬ。初七日も済んでから訪ねてきた重竜の先妻を、竜夫が高岡まで送っていくことになる。その春枝という女は、竜夫と別れる際、列車の窓から両手を出して竜夫の腕をつかみ、「顔をくしゃくしゃにし、涙声で」「おばちゃんのできることは何でもしてあげるちゃ。商売が何ね、お金が何ね。そんなもんが何ね。みんなあんたにあげてもええちゃ……」と泣きながら住所を書き付けて渡す。その意味合いより感情が先走ったような場面である。

一方、母千代は、兄から大阪へ移り住むことを勧められている。千代はなかなか決心がつかないでいる。竜夫の英子への思いも、まだ未成熟なままである。そのような未決定の状態のさなか、全ての要素が結末の螢の場面に流れ込んでいくのである。いわば、世俗的な解決の代わりに、螢の乱舞が用意されているかのようである。

やや先走るが、螢に出会う直前の場面には、「千代とて、絢爛たる螢の乱舞を一度は見てみたかった。出逢うかどうかわからぬ一生に一編の光景に、千代はこれからの行末を賭けたのであった」という文章が見られる。螢の乱舞が見られるかどうかという物語の「空白」が、作中人物とともに、読者をも結末に導いていたことが、ここでより確かに伝わる。この小説には、確かに賭けの要素や運の要素も描きこまれていた。例えば、父が逼塞したために、無利息無期限で竜夫に金を貸してくれた大森という父の友人も、「運というもんを考えると、ぞっとするちゃ」という言葉を、竜夫に聞かせている。

未決定で、運に左右される、それが人生の実態である。しかしながら、物語は、えてして、論理的展開を求める。真の人生の姿を描くならば、本来、すっきりと結末に至らない方が真実であろう。

さて、物語はいよいよ最高潮の結末を迎える。夜に出かけることを心配する英子の母への手前、竜夫の母千代も一緒に行くことになり、銀蔵を道案内に、四人はいたち川を遡る。

四人はまだ明るい川すじを南に向かって上っていった。いたち川はいつになく煌めいて、一筋の錦繍に見えた。（略）

「滑川っちゅうところの手前に、常願寺川っちゅう川が流れとるちゃ。（略）その常願寺川の上流が立山に繋がっとるのよ。いたち川は常願寺川の支流でのお、それでこの川にも、春から夏にかけて立山の雪解け水

「がたっぷり混じっとるがや」

思えば、最初「いたち川」と紹介され、途中においても「そしてそれは正しい呼称ではなかった。上流ではまた別の名で呼ばれ、竜夫の住むところよりもっと下流ではさらに違う名がつけられた」と、もったいぶった書きぶりでその名を隠されてきたこの川の正体が、ここで初めて明確に名指しされる。この小説は、いわば「いたち川」の正体探しのシークエンスも持っていたわけである。この構成力はやはり特記するに値するものであろう。この後も、「大泉中部を過ぎると、川は富山地方鉄道の立山線と交差して、さらに細く深くなっていった」と、やや詳しすぎるほどにその川と土地の情報が書き込まれるが、ここには、やはりこの「いたち川」が、この小説のもう一つの主人公であることを示していることを、読者に知らしめたい思いを認めることができるのではなかろうか。

三、視覚的効果と小説の魅力

小説の内容の魅力について、もう少し詳しく見ておきたい。

この作品にも、宮本輝作品によく見られるような五感の表現が多く見られる。先に見た、竜夫がラジオのアースを舐める場面にも、次のような描写が続く。

アースの先を炬燵の上に置くと、竜夫は寝そべった。父の匂いが落ちてきた。竜夫は父の匂いが嫌いだった。その匂いの周辺には、きまってサーカス小屋の風景がなびいている。（略）

竜夫にとって、サーカスと父と、父の体臭は同じものになった。父を嗅ぐと何年も昔のサーカス小屋を思い出す。空飛ぶ人の衣装についていた汗のしみ。馬の蹄に塗られた赤いペンキ。小人のピエロのたるんだ頬。綱渡りの少女の笑わない目。
　サーカス見物のあと、親子は西町の食堂で食事をした。何かのやりとりのあと、重竜が千代をなぐった。（略）父の匂いは、サーカス小屋の情景と、食堂に居あわせた人々の目を竜夫に思い起こさせるのであった。

　この、記憶と結びついた情景の色の視覚的な鮮明さは明らかであろう。それが、父の匂いという嗅覚によって喚起されている。視覚と嗅覚とが共感覚的に作用して、記憶を喚起するのである。
　他にも、「家に入ると煮魚の匂いがした」「千代は重竜の着替えを持って小走りで停留所まで行くと、待っていてくれた市電に飛び乗った。魚の匂いが鼻をついた。早よう走ってくれんと売り物が古うなるちゃと魚の行商人らしい老婆が言った」「列車の中はスチームの熱が下がってきて、それとは逆に前の席に坐っている行商人風の女の周りから魚の匂いがたちこめてきた」などと、海に近いことを示す通常の描写の場合もあるが、この作品において匂いが大切であることは、英子と結びつけられている場面を見れば、やはり疑い得ないものと考えられる。

　生物の授業で聞いた〈フェロモン〉の話を、関根は図書館に行って詳しく調べてきたのだと言った。
「英子は、ええ匂いがするがや」
ひたむきな目をして、関根は話しつづけた。雌が何キロも離れた先の雄を誘なうフェロモンという分泌物について、関根は驚くほどの知識を持っていた。（略）
「熱情的やのォ、英子のフェロモンは、熱情的やのォ」

　この場面などは、やや笑話のような下りである。しかし、思春期特有の熱心さや真面目さをも示すことも事実であろう。

また、父が、死の直前に入った病院でもまた、匂いで描写される。

病院は古めかしい木造の建物で、重竜のいる病棟は陽当たりが悪く昼間でも電灯がついている。病院特有の強い消毒液の匂いはなく、そのかわり汗と果実のまじりあったような臭気に満ちていた。

「血糊の匂いよ」

重竜は吐きすてるように言った。


ここにも、生と死の境目が、匂いで示されているかのようである。

象徴的な音の場面もある。一五年前の冬、重竜が、千代と初めて旅行に出た場面である。福井市内に宿を取った二人は、食事を済ませた後、芸者を呼ぶが、見つからないというので、盲目の「五十近い小柄な女」が番頭に案内されてやってくる。女は請われて二人の前で三味線を弾く。


何か匂いを嗅がれているような気がして、千代は落ち着かなかった。

女はその風貌とは似ても似つかない烈しい撥さばきで、短い曲を弾き終えると、

「歌も入れまっしょうか？」

と訊いた。

「いや、歌はええちゃ。ずっと勝手に弾いとってくれ。……それからさっき頼んだ酒はもうええがや」

番頭がさがると、女は大きく深呼吸し息を整え、それから撥の尻を一度舐めた。そしてまた烈しく弾き始めた。怖気だつほど澄んだ音色であった。いつしか千代は盲目の女の奏でる暗く力強い音調の中にひき込ま

れていった。重竜も千代の足首を握ったまま、女の撥さばきに視線を投げていた。

夜も更けて番頭が迎えに来るまで、女は三味線を弾きつづけた。幾筋もの汗を顔から首筋へと流して撥を糸に叩きつづけながら、女はかすかに唇を動かしていた。まだまだ、もっと、もっと、とつぶやいているように千代には思えた。黄色い電灯の光が、三味線の音とともにじわじわ薄暗くなっていった。

そして女は、「こんなに弾いたのは、戦争が終わってから始めてですちゃ」と言って帰って行く。その夜、千代は次のように、波の音の中に、三味線の音を聞いている。


濤声の中から、千代は三味線の響きを聞いた。海鳴りかと聞き耳を立ててみた。波に向かって切り込む風が、偶然に作り出す擬音なのか……。


そしてこの後、二人は、それぞれの家庭を捨てて一緒になったのである。その時のことを思い出して、「越前の荒海と逆巻く牡丹雪の中から漂うかすかな三味線の音を、互いの耳が聞きとっていた」と千代は考えるのである。

ちなみに、千代がこう回想したのが、富山城の桜を見ながらであったことから、この章は「桜」とされたようである。桜の花自体は、この章においては、さほど重要な役割を果たしていない。

このような多くの五感要素に彩られながら、しかしやはりこの小説において圧倒的であるのは、視覚的要素の魅力であろう。その代表が、結末の螢の群舞の場面であることは言うまでもない。

その前にもいくつか、重要な視覚的情景が書き込まれている。例えば、関根の死について、竜夫が想像する場面は、以下のとおりである。

雲が少し切れて、五月の陽が家々の屋根に落ちてきた。関根圭太の垂れぎみの目や大きく丸い鼻が目先にちらついて仕方がなかった。黒い水藻を全身にまといつけ、深い用水路の澄みきった水の上にうつぶせて死んでいるさまが、まるではっきりと見届けたもののように思い描かれていた。水面の藻の上で羽を休めていた大きな蝶の、精緻な色模様と、ついいましがた、かすかに額を汗ばませ竜夫の肩口を見つめながら立っていた英子の体臭が、市電の烈しい震動と一緒に交錯していた。

竜夫は関根の死を目撃していない。これはあくまでも想像のものである。見もしていないものに、念押しするかのように、英子の体臭が重ね合わせられている。幻視にリアリティーが与えられている。我々の記憶は、感覚の重ね合わせにより、それを強固なものとして定着させる。その仕組が、記憶ではない幻視にもいわば反転させる形で用いられているのである。

英子が、螢の群舞について、「螢の生まれよるところ」と言ったのに対し、銀蔵は、「生まれよるとこでないがや。あっちこっちから集まってきてェ、交尾しよるとこやが」と説明するが、その時の銀蔵について「体から甘い酒の匂いを漂わせていた」と描写されている。これもただの描写ではなく、その言葉との響き合いが認められる。

さて、いよいよ最後の、螢の場面である。

まず、日暮れの色合いから、視覚的な描写が濃密になっていく。

「おう、……暮れてきたのお」

陽は一気に落ちていった。暗雲と黄金色の光源がだんだらにまろび合いながら、一種壮絶な赤色を生みだしていた。広大な空には点々と炎が炸裂していたが、それは残り火が放つぎりぎりの赤、滅んでいくものの持つ一種狂おしいほどの赤であった。

「螢、ほんとに出るがやろか?」

このあたりも、実に文章が工夫されている。「だんだらにまろび合いながら」や、「点々と炎が炸裂し」ているという言葉、「滅んでいくものの持つ一種狂おしいほどの赤」などは、譬喩の典型で、その実態は、対象の正確な描写を犠牲にしてまで、その言葉の表現が前面に出されているような、いわば記号表現優位の表現と言える。その場面は、突然現れる。先ずは暗闇、そして音が用意される。

また梟が鳴いた。四人が歩き出すと、虫の声がぴたっとやみ、その深い静寂の上に蒼い月が輝いた。そして再び虫たちの声が地の底からうねってきた。(略)

せせらぎの響きが左側からだんだん近づいてきて、それにそって道も左手に曲がっていた。その道を曲がりきり、月光が弾け散る川面を眼下に見た瞬間、四人は声もたてずその場に金縛りになった。(略)何万何十万もの螢火が、川のふちで静かにうねっていた。そしてそれは、四人がそれぞれの心に描いていた華麗なおとぎ絵ではなかったのである。

螢の大群は、滝壺の底に寂寞と舞う微生物の屍のように、はかりしれない沈黙と死臭を孕んで光の澱と化し、天空へ天空へと光彩をぼかしながら冷たい火の粉状になって舞いあがっていた。(略)

間近で見ると、螢火は数条の波のようにゆるやかに動いていた。震えるように発光したかと思うと、力尽きるように萎えていく。そのいつ果てるともない点滅の繰り返しが何万何十万と身を寄せ合って、いま切なく侘しい一塊の生命を形づくっていた。(略)

竜夫は英子に何か言おうとしたが言葉にならなかった。彼は体を熱くさせたまま英子の匂いを嗅いでいた。

そのとき、一陣の強風が木立を揺り動かし、川辺に沈殿していた螢たちをまきあげた。光は波しぶきのように二人に降り注いだ。

英子が悲鳴をあげて身をくねらせた。

「竜っちゃん、見たらいややァ……」

半泣きになって英子はスカートの裾を両手でもちあげた。そしてぱたぱたとあおった。

「あっち向いとってェ」

夥しい光の粒が一斉にまとわりついて、それが胸元やスカートの裾から中に押し寄せてくるのだった。白い肌が光りながらぼっと浮かびあがった。竜夫は息を詰めてそんな英子を見ていた。

螢の大群はざあざあと音をたてて波打った。それが螢なのかせせらぎの音なのか竜夫にはもう区別がつかなかった。このどこから雲集してきたのか見当もつかない何万何十万もの螢たちは、じつはいま英子の体の奥深くから絶え間なく生み出されているもののように竜夫には思われてくるのだった。（略）

「……これで終わりじゃあ」

千代も、確かに何かが終わったような気がした。そんな千代の耳に三味線のつまびきが聞こえた。盆踊りの歌が遠くの村から流れてくるのかと聞き耳をたててみたが、いまはまだそんな季節ではなかった。千代は耳をそらした。そらしてもそらしても三味線の音は消えなかった。風のように夢のように、かすかな律動でそよぎたつ糸の音は、千代の心の片隅でいつまでもつまびかれていた。

引用が長くなったが、これが共感覚の最たる表現と言っても過言ではなかろう。螢の像と音との区別が、無意味化されている。あまりにも不思議な光景を目の前にした時など、実際にもこのような感覚に襲われるのかもしれないが、それを表現するには、単一の感覚表現だけでは不十分なためにこのような表現が要請されるのかもしれない。

最後に千代が川べりを覗き込んで見たものは、「螢の綾なす妖光が人間の形で立っていた」というものであった。この英子の姿を、ごく近くの竜夫の視線と、やや離れた千代の視線の、いわば二つのカメラから描写した点は、抒情だけに溺れないために選択された、最良の方法であったのかもしれない。

第三章　「星々の悲しみ」

―中之島・文学と絵画―

一、小説の型と「死」のテーマ

この小説は、短篇ではあるが、宮本輝の作品の特徴をよく示す作品である。『別冊小説新潮』に一九八〇年一〇月（秋号）に掲載され、のちに文芸春秋から一九八一年四月に短篇集として刊行された際にも、表題作に選ばれている。

この小説は、その性格を属する分野としての分類を試みれば、さまざまな可能性を示す。

作品は、志水靖高という「大阪の梅田にある」予備校に通う予備校生の一人称回想形式で語られている。冒頭に「十八歳だったから、一九六五年のことだ」と書かれているので、彼が一九四七年生まれの作者宮本輝とほぼ同世代であることがわかる。これは、多くの作家において用いられる、虚構と現実との間に橋をかける、作者を間接的にモデルとする方法である。その意味で、モデル小説、乃至は自伝小説と呼ぶことができるかもしれない。もちろん作者との距離の度合いには遠近の幅がある。

志水は、予備校に通い始めて間もないある日、受験勉強から逃げるように、高校二年生の時にも学校をさぼって通っていた中之島の中央図書館に向かう。そこで見かけた「女子大生らしい娘」がきっかけで、再びこの図書館に通うことになり、受験勉強もほったらかしにしてフランス文学とロシア文学を読みふけるようになる。この枠組からは、図書館小説として、あるいは、読書小説とでも謂うべき分野として読むこともできる。これらの分野は、作品が本として形を持つ際に、さらにその中に本や読書という行為を持つという、メタの構造を抱え持つものである。作品のテーマもまた、その中に描かれる図書館の本に描かれたテーマと響き合い、重層性を持つことが可能となる。「精神の金庫」（大阪府立中之島図書館だより『なにわづ』第八九号、一九八三年三月）というエッセイの中でも、宮本輝は、「私の「星々の悲しみ」という短篇小説は、大阪府立中之島図書館が、その舞台のほとんどを占めているといってもいい」と述べている。

ある日志水は、この図書館から出たところで、二枚目の有吉と、三枚目の草間という、同じ予備校に通う二人の男と親しくなる。三人はまず、志水が元から知っていた「じゃこう」という喫茶店に赴く。ここから、この物語の中心的なシークエンスが語られる。そこに飾ってあった大きな油絵を、志水が冗談で彼らに盗んでくれというと、有吉と草間がものの見事に盗んでしまったのである。この絵の題が、「星々の悲しみ」で、そのシークエンスの重要性を示すように、作品のタイトルにも採用されている。

この絵が重要な意味合いを持つことからは、この小説は絵画に関わる芸術小説の可能性を見せ、また最後には、志水が妹加奈子と共に、この絵をこっそり返しに行くスリリングな場面を用意するので、盗難を描く怪盗ものの変種と見ることもできる。

時間を戻す。三人は志水の家にも赴く。志水には、加奈子という妹がいるが、加奈子は二枚目の有吉に好意を寄せる一方、有吉ではなく草間が加奈子に惚れ、兄である志水がやきもきする。ここでは、恋愛の方向がちぐはぐで概ねうまくいかない典型的な青春小説の像を示す。

また、ある日志水は、旧友の和菓子屋の息子である勇が、高価な天体望遠鏡を持っていたことを思い出し、訪ねていき、二人で星を眺める。このエピソードは、この小説には必ずしも必要とは見えない。これは穿ちすぎではあるが、星座を描く天体小説か何か、描かれるべき内容の断片を示し、その可能性の残滓を示しているのではなかろうか。

さらに、テーマに関する要素が提示される。「死」のモチーフである。しばしば腰痛を訴えていた有吉が入院することになり、腰の病気と思われていたものが、実は、腸の癌で、一一月三〇日に亡くなってしまうという出来事についてである。これに加え、「星々の悲しみ」の絵の作者のエピソードにも、死がまとわりついている。絵には、小さな紙が張られていて、そこには、「星々の悲しみ　嶋崎久雄　一九六〇年没　享年二十歳」と書かれてある。これら死をモチーフとする、夭折小説とでも呼ぶべき小説分野の可能性が浮かぶ。

さて、このように、いくつものジャンルの呼び名を想定させるこの小説は、見方を変えれば、小説の普遍的なテーマを組み合わせたものと見ることもできる。とりわけ、「死」をモチーフとする小説は、近代小説に限らず、文学作品において実に数多く書かれてきた。ここではまずこの、小説における「死」のテーマ、あるいはモチーフについて、改めて考えてみたい。

「死」のモチーフは、小説において、実にオーソドックスなものと言えよう。多くの小説が、少なからず「死」を扱う。「死」の場面が登場しない小説の方が、むしろ珍しいであろう。

ジョルジュ・バタイユが、死と生の関係について、次のように述べている。『エロティシズム』（澁澤龍彦訳、二見書房、一九七三年四月）という書の中の記述である。

エロティシズムについては、それが死にまで至る生の称揚だと言うことができる。（略）

生殖は非連続の存在に活を入れる。

生殖する存在は、互いに他とは別のものであり、生まれてきた存在は、彼らが彼らを生み出した存在とは別のものであるように、彼らたちのあいだでも互いに別のものである。個々の存在は、他の一切の存在と別のものである。その誕生も、その死も、その生きているあいだの出来事も、他の存在にとって何らかの利害関係はあるにせよ、直接にはその存在のみに関係のあることである。個々の存在はひとりで生まれ、ひとりで死ぬのである。ある存在と他の存在とのあいだには深淵があり、非連続性がある。（略）

精子と卵子は、基本的な状態では非連続の存在であるが、それらが一つに結びつくことによって、ある連続性が二つのあいだに確立される。つまり、個々別々であった二つの存在が死に、消滅することによって、一つの新らしい存在が形成されるのだ。新らしい存在はそれ自身では非連続であるが、みずからの中に連続性への過程、二つの別個の存在のそれぞれにとって死であるところの、両者の融合という過程を含んでいるのである。

かなり難解な論理である。他のところでもバタイユは「私たちは非連続の存在であり、理解できない運命の中で孤独に死んで行く個体であるが、しかし失われた連続性への郷愁をもっているのだ。私たちは、偶然の個体性、死ぬべき個体性に釘づけにされているという、私たち人間の置かれている立場に耐えられないのである」とも書いている。

あらゆる宗教の教義にも関わるように、人間にとって、「死」は、最も身近で、最も不明な事実であることは間違いない。人間は、いつか死ぬことがわかっているのに、生きているうちは、「死」について考えることを回避ないし順延する。これだけ科学が進み、認識が深くできるようになっても、これは、おそらく太古の昔からあまり進展していない。死後の世界の不明もまた、これと同じ問題圏を形成する。文学がこれらをテーマとすることは、日常生活や人間の思考や感情を、原理的に論理性にまとわれた言葉というものによって書き留める、言語芸術の必然と言えよう。

「星々の悲しみ」に戻る。

有吉が死んだことが書かれた場面には、以下のような文章が続けられている。

自分が、いままさに死にゆかんとしていることを知らないままに死んでいく人間などいないと、ぼくは思う。そうでなければ、人間が死ぬ必要などどこにもないではないか。人間は、そのことを思い知るために、死んでいくのだ。

有吉の死後、ぼくが読書すら放擲して考えつづけたことは、それだった。だが何のために、そんなことを思い知らなくてはならないのか、ぼくにはわからなかった。それを考えると、なぜかぼくは何かに祈りたくなるのだった。

かなり難解な部分であろうが、「読書すら放擲して」という言葉からもわかるとおり、この主人公志水にとっては、読書が人生においての重要な要素であり、そののち、この読書にもこの死の問題が関わってくる。思えば、冒頭の一文は、「その年、ぼくは百六十二篇の小説を読んだ」というものであった。

さて、先の引用文の少しあとの部分には、有吉が死んでから、草間と疎遠になったことが語られる場面が見られる。

ぼくはぼくで、ある新しい熱情に駆られて小説に読みふけるようになったからだ。その熱情とは、すでにとうの昔にこの世からいなくなった多くの作家たちが、生きているときに何を書かんとしたのかを知りたいという願望だった。

死人が小説を書けるはずなどなかったから、ぼくが捜し出そうとしていたことは馬鹿げたお遊びに近かった。だが、その馬鹿げたお遊びは、有吉の死がぼくに与えた後遺症だったのだ。ぼくはまもなく後遺症から立ち直り、あらゆる物語を〈死〉から切り離して考えるようになった。すべては〈死〉を裏づけにしていたが、〈死〉がすべてである物語は存在しなかったからである。

これは、やや屈折した文章である。「死」は、小説の重要なモチーフの一つではあるが、あくまで、ストーリーのための素材に過ぎないとでも言いたげである。

もしこの志水の言葉が、作者の小説作法に響き合うものであるならば、この作品のレベルに戻せば、有吉の死もまた、この作品にとっては、テーマやモチーフなどではなく、あくまで素材に過ぎず、方法論の中に解消される存在と言えるかもしれない。もちろん、作者がそのような意図を、この志水の言葉に含み込ませたと仮定するならの話である。

いずれにしても、このような読みは、メタレベルの読みである。しかし、このような読みが可能であるという事実をどこまでも重視するならば、この読みも作者の方法から排除はできない。読書について書かれた小説を読書するという二重性が、この小説に仕掛けられていることだけは、確かかもしれない。

二、舞台としての大阪

この小説にも、大阪の地名が数多く鏤められている。そこには、宮本輝の小説一般に認めうる、固有名詞の効用に関する方法が見て取れよう。

志水たちが通うのは、「大阪の梅田にある予備校」である。予備校から図書館に逃避する場面には、以下のように具体的なルートが丁寧に書き込まれている。

> ぼくは（略）、国鉄の大阪駅まで歩いて来て、さあどっちへ行こうかと思案したまま立ち停まった。駅のコンコースの中は暗く、そこから行き交う人の黒い輪郭越しに、真っすぐ伸びる御堂筋の光彩が迫って来ていた。（略）
>
> 梅田新道の交差点を横ぎって淀屋橋に向かう道の一角を左に折れ、細い路地に入って行った。（略）近くに裁判所があるので、付近には司法書士事務所がたくさん看板を出していた。四辻のところに大きな漢方薬店があり、その二階は〈じゃこう〉という名の喫茶店になっている。ぼくは高校二年生のときも、ときどき

学校をさぼって中之島の府立図書館へ行き、外国の古い小説を読みふけったことがあり、帰りにこの〈じゃこう〉で紅茶やジュースを飲んだりしたのである。（略）ぼくはまた飛び跳ねるような歩き方で、図書館へ古い石の橋を渡った。橋の名が刻まれた四角い石の上に、大きな獅子の坐像があり、鳩の糞にまみれて四頭とも表情は判別出来なくなっていた。

さらに、この図書館についての詳細な記述が続く。

図書館には入口が二つあった。むかって右側が自習室で、左側は一般閲覧室だった。（略）図書館は明治三十七年に建てられたネオ・ルネッサンス風の建物で、板壁も漆喰の壁も変色して黒ずんでいる。（略）ぼくは階段をのぼって二階のがらんとした丸い部屋に行った。天井のステンドグラスから光が降りていた。正式には、そこが玄関の大広間で、突き当たりに小さな受付台があるのだが、係の人の坐っているのを、ぼくは一度も見たことはなかった。

ここで志水は、「女子大生らしい娘」と出会うことは先にも書いた。この図書館を訪れた人には、すぐに思い浮かべることのできるような再現力の高い描写である。後に草間と僕は、「図書館の二階にある食堂に行き、ざるそばを食べ」てもいる。「じゃこう」から絵を盗んだ後は、図書館へのルートを変えているが、それも以下のようなものである。

あるときは御堂筋を淀屋橋まで真っすぐに、あるときはわざわざ桜橋から四つ橋筋に出て堂島川沿いに府立図書館へ迂回する道をと、用心して選んでいった。

また、志水が有吉と草間とに出会い、「じゃこう」に向かう道は、「司法書士事務所と大阪拘置所の塀とが並んでいる筋」と書かれている。さらに、「ぼくの家は、大阪駅から環状線でひと駅行った福島というところだった」という記述も見える。

このとおり、大阪駅から中之島周辺に至る、いわゆるキタの具体的な固有名としての地名が、作品の基調を作っている。有吉が入院した際には、志水と草間が見舞うが、その病院も、やや外れた、しかし同じ区域の中に位置している。

桜橋から出入橋まで行き、交差点を左に折れて堂島川のほうへ十五分ばかり行くと、川沿いに大学の付属病院が見えて来た。（略）有吉は六人部屋の、いちばん奥のベッドにいた。そこからは川が見え、淀屋橋へつづいていくオフィス街のにぎわいが眺められた。

主人公の年齢といい、この作品は、発表された時間ではなく、正しく、宮本輝の青春時代の風景を、敢えて一五年ほど後に再現した小説である。この事実は、今から読むとやや気づきにくいものである。一五年間に、風景は確かに変わったが、変わらないものも多い。ここをよく知る読者は、この場所の風景を、現在のものか、一五年前のそれか、かえって戸惑ったかもしれない。

なぜこのように、同時代ではなく、一五年も前に時間を遡らせたのか。一九六五年と、一九八〇年とでは、何が一番変わったのか。

一九六四年に東海道新幹線が開通し、新大阪駅が開業した。同年東京オリンピックが開催されたことは周知のとおりである。さらに、一九六九年には、アメリカの宇宙船アポロ一一号が月面に着陸し、世界中を熱狂させた。

この月着陸競争に代表されるように、当時はアメリカ合衆国とソビエト連邦の二大国を中心に、世界が回っていた。一九七〇年には大阪万国博覧会が開催され、ここでもアメリカ館とソ連館が人気を競い合っていた。一九七二年には沖縄が日本復帰し、また日中国交正常化が実現する。しかし、一九七三年には第一次石油危機が起こり、日本中をパニックが襲う。一九七八年に日中平和友好条約に調印され、一九七九年には、東京サミットが開催された。我々の世代はほぼこのあたりから、同時代史という感覚でしか見ることができないが、今から見れば、一九六五年と一九八〇年の間に、大きな国際的な歴史的転換が起きたことがわかる。大阪においてもまた、この間に、大阪駅や中央環状線など、交通事情がかなり進展した。

この小説は、したがって、一九八〇年当時の読者に対しては、やや郷愁を感じさせる設定となっていたのである。それは、古き大阪の名残の風景であった。

三、文学の中の絵画

「星々の悲しみ」という大きな絵について、もう一度その記述を確認しておきたい。

二年前にも、ぼくはこの絵に長いこと見入ったものだったが、久しぶりに目にして、当時は感じなかったある不思議な切なさが、その明るい色調の底に沈んでいることを知った。葉の繁った大木の下で少年がひとり眠っていた。少年は麦わら帽子を顔に載せ、両手を腹のところに置いて眠り込んでいるのである。大木の傍に自転車が停めてあり、初夏の昼下がりらしい陽光がまわりを照らしている。さやかに風が吹いているのか、葉という葉がかすかに右から左へとなびいている。それだけの絵だった。絵の下に小さな紙が貼られてあり、そこに絵の題と作者名が記されていた。〈星々の悲しみ　嶋崎久雄　一九六〇年没　享年二十歳〉。（略）

「凄いなァ……」

有吉が、絵を見てつぶやいた。油彩なのに、微細で鋭利な刃物でけずりあげたような筆さばきが、葉の一枚一枚を、光の一筋一筋を、木肌の一片一片を執拗に描きぬいていたから、百号以上はある大きな絵に浮かぶ暖かいほのぼのとした光と風が、いったいどこから炙り出されてくるのか、誰もがいぶかしく思ってしまうのだった。

ところで、文字だけで構成される言語芸術たる文学の中に描かれる、視覚芸術たる絵画の役割には、どのようなものがあるのであろうか。二つの芸術分野の間には、さまざまな交渉が想定できるが、文学の中に登場する絵画という、いわば視覚芸術であることを犠牲にして言葉だけで描かれるものの効果とは、どのようなものなのであろうか。

文字で絵画を描写することは、風景描写などと同じなのであろうか。絵画も芸術であるので、文学という分野と、何かしら表現特性において響き合う点があり、そのために、風景描写以上の効果を上げることは想定できないのであろうか。

これらのことを考えるために、やや迂遠ながら、文学という分野と絵画という分野の交渉について、その全体像から確認してみたい。

二〇一三年に兵庫県立図書館で「昭和モダン　絵画と文学１９２６－１９３６」という特別展が開かれた。一九二六年すなわち昭和元年より一〇年間の、日本における絵画と文学との交渉を、通時的に辿る意欲的な展覧会であった。なぜこの一〇年間を扱うのかについては、図録（『昭和モダン　絵画と文学１９２６－１９３６』兵庫県立美術館、二〇一三年一一月）の挨拶文で以下のように説明されている。

昭和期の最初の10年間は、いくつかの重要な芸術潮流が現れた特別な時期でした。活力あるプロレタリア芸術運動が盛り上がり、都会的で洗練されたモダニズムの運動がそれに対立するかのように活発化します。さらに文芸復興とも呼ばれる流れのなかで「日本的なもの」が浮上し、今、巨匠として知られる作家たちが近代日本を代表する芸術を確立しました。

この展覧会では、日本が戦争へと向かう直前のこの時期の絵画と文学に焦点を絞り、なかでも特徴的な表現を示した洋画と小説に注目します。

展示は、絵画と文学の本格的な交流の成果であった、雑誌『白樺』の関東大震災を原因の一とする終刊を前史として始まり、村山知義らのグループ『マヴォ』による演劇や絵画および文学の世界の破天荒で実験的な活動について展示が続く。

次に、プロレタリア芸術運動の文学を中心とした活動の展示が展開される。そこでは、装幀という形で絵画との交流が示されている。

続いて、『文芸時代』を創刊した横光利一や川端康成ら新感覚派の登場が紹介される。一方、絵画の世界では、古賀春江に代表される、シュルレアリスムの時代が扱われる。それは現実を超えた理知の絵画への参入であった。

さらに、次の時代には、プロレタリア派の衰退とともに、いわゆる「文芸復興」が叫ばれ、既成作家の復活とされる現象も起こった。この時期、例えば 志賀直哉の『暗夜行路』の題字は小林古径が書き、挿絵は梅原龍三郎、榊原紫峰、坂本繁次郎、安田靫彦などが担当した。志賀直哉は、特に奈良に住んでいた頃が典型であろうが、画家との交流がさかんだったことはよく知られている。

この時代は、絵画の世界においても、梅原龍三郎や安井曾太郎、藤島武二、須田国太郎などが、日本的な洋画という分野を広めていった。戦争の前夜であるこの時代は、谷崎潤一郎の小説がそうであるのと同様、日本回帰の時代でもあった。

このたった一〇年間の日本における絵画と文学の交渉を見ても、その内実が多様であることは明らかである。その様相は、以下のようにまとめることもできよう。

（1）文学者と画家が、日常的に交流する
（2）文学者と画家が、同じテーマやモチーフで文学作品を書き、絵画を描く
（3）文学作品の著書の装幀や挿絵を画家が担当する
（4）文学者が絵画を小説作品中にモチーフとして描く

このうち、とりわけ（4）は、小説の書き方、すなわち方法に関わるものである。この場合、それが高名な画家による有名な絵が用いられている場合と、まったく無名な画家または無名の絵である場合とでは、効果に相違も生じるであろう。文字による絵画の描写以外、手掛かりがない場合には、画家の作風などの予備知識が入り込まないために、絵画はより純粋な効果をもたらすことになる。ここでは、絵のイメージは、読者の想像力だけによることになり、その効果も、読者の再現力に委ねられる。これは、画像を必要としない、つまり絵具ではなく、正しく言葉という絵具によって書かれた絵ということになる。小説における絵画とは、絵画であって、絵画でない。

したがって、小説中に視覚要素を用いることには、本来の絵画に対して不十分な表現という不利な条件付きで、実際の絵画以上に想像力を喚起することが期待されるという効果的側面の双方がつきまとう。

さらに、これも深読みの誹りを否定できないが、視覚的要素を用いることには、表現内容とは別の次元においての効果が認められる。それは、小説の読み方についての、いわばメタレベルにおける作者のメッセージの存在についてである。

絵画にも、風景画であるとか、人物画であるとかの分野があり、それぞれ、一定の型の存在が認められる。も

ちろん、まったく自由な絵画も存在するが、額縁という枠取りと、号数の制約、展示の制約などから、文学作品以上に、型に制限された芸術とも言える。

また、扱われる個々のモチーフについても、言葉による説明がない分、重要な機能を担っているものと考えられる。絵の中の葉が何を意味するのか、その葉に、光がどこから当てられ、風はどのようにして感じられるのか。モチーフに注目した時、絵の鑑賞はさらに次の段階に進むものと考えられる。

「星々の悲しみ」の絵画を使用する方法は、ただ絵画を作品中に取り込んだ次元のみならず、絵画が持つ、型の存在やモチーフの意義などをも、この小説の読書に持ち込むものと思われる。

静物画であるとか、風景画であるとか、人物画であるとかの説明は、絵画のどこにも書かれていない。しかし、人々はその枠取りを以て絵画に臨むことで、未知のものではなく、他の静物画や風景画、人物画などとの比較の中で、その絵を鑑賞することができる。このような鑑賞方法は、美術において、既に制度化されたものと言えよう。むしろ我々は、まったく未知の分野に属する絵画に接し、純粋にこれを鑑賞することは困難なのである。

これは、小説についても同様のことが言える。まったく新しい小説であっても、それが歴史小説であるのか、サイエンス・フィクションであるのか、自伝小説の枠組を持つものであるのかは、数ページ、もしくは数行読めばわかる。この予想の確認作業としての読書が、その後続けられるのである。

「星々の悲しみ」を読むという行為が、小説の読み方に典型的な、枠取りを探りながら読むというものであることを、絵画という芸術分野が念押ししてくれるものとも考えられるのである。

もちろん、このようなことまで意図して作者が書いたということをここで証明したいのではない。小説という言語芸術と、絵画という視覚芸術の同居が、芸術分野自体の枠組についての思考をもたらすことを、可能性として提示したかったのである。

第四章　「道頓堀川」

―道頓堀・食道楽の街―

一、五感表現が読者に期待するもの

繰り返しになるが、宮本輝は、五感の表現を多用する作家である。では、読者の立場に立って、小説を五感で読むとはどういうことであろうか。

今更ことごとしく言うまでもないが、小説に代表される文学は、文字芸術であり、そこには、予め与えられた物質性はなく、したがって、本来、映像もなければ音もなく、匂いも触感も味もない。あくまで読者の想像の中で出来事が展開される。

文字で書かれた料理が現実には食べられないように、小説に登場するものは全て、幻覚としてのイメージか、錯覚である。しかし、我々が読書行為の中で、映像を呼び起こし、時には音を聞き、匂いに反応し、味の想像によって空腹感を増し、さらには、得体の知れない手触りに怖気を持つような体験は確かにあろう。

想像力は、その人が今まで体験してきたことを、文字である記号によって再現させる。例えば、中華料理とか、ヴェトナム料理などに用いられる、パクチーまたは香菜という、独特の香りのする野菜がある。この匂いを嗅いだことのある人は、小説の中にそれが出てきた時に、その香りを再現することができるが、その時、この匂いが好きな人と、嫌いな人とでは、小説の印象も変わってくるものと思われる。

しかし、たとえ嫌いな臭いでも、再現しながら読む方が、読書がより魅力的であるとも言えるかもしれない。ところで、我々は今、読書という行為の最中に、身体感覚を駆使して、再現された世界を十分に楽しんでいるであろうか。大概の場合、せっかく細やかに描かれても、再現せずに読み飛ばしているのではなかろうか。例えば花柳界を描く小説を読んでも、三味線の音が流れているのに「聞いて」いないのではないか。もしそうなら、それで本当に花柳界の様子が伝わるのであろうか。理解できないことが読書にとって不都合であるという前に、再現が行われず、その作中世界の空気が届かないことは、実に勿体ないことなのではなかろうか。

このことは、五感のうちでも、視覚表現以外の感覚について、より顕著なのではないか。

五感のうちでも、視覚と聴覚は、対象と距離があるために、高等な感覚とされる。特に視覚は、映像文化が発達した後には、何万キロ離れている場所のものでも見ることができ、他の感覚を押しやったかのように見える。これに対し、嗅覚、味覚、触覚は、対象と接触しないと感じ取れないので、低級な感覚とされることが多い。一番原始的な感覚は、触覚であろう。赤ん坊は、生まれて間もない頃は、何でもまず触り、口に入れる。次に、臭いを嗅いで、何かを判断するようになる。これらは原始的な個と個とのつながりが残存する感覚と言えよう。そして最終的には、見るだけで、対象について考えることができるようになる。これが進化の過程を反映する、と言えば言えよう。

二〇世紀が、視覚と聴覚に訴える文化を重視しながら発展し、さらにラジオや映画、後のテレヴィジョンなどの技術の画期的な進化により、革命的発展を遂げたことは言うまでもない。視覚や聴覚は、放送機器などを介して、距離をおいても相手に伝えることができる。これは、大量の情報発信、いわゆるマス・メディアとしての機能をも可能とする。それらは、人類の知的な発展に多大なる貢献をしたであろう。このような時代背景の中に、我々は生きているので、殊更に、視覚重視の風潮の中にいることを意識しない。しかしながらこれは、例えば明治時代の人々と比べて、その読書行為における再現を可能にする条件について、画期的な相違をもたらすものと思われる。

映像には、音はあっても、匂いや手触り、味などはついていない。テレビばかりを見ることに慣れた我々は、物語などから、匂いや手触り、味を抜いて鑑賞することになれてしまっている。文字という記号だけで書かれた小説となればこの傾向はもっと強まるであろう。したがって、想像力を一所懸命働かせる必要が生じる。読書という行為が面倒くさいものに感じられる人々は、この想像力を働かせることを面倒がる人々と考えられる。反対に、映画よりその原作の小説の方が好きだという人は、想像力を働かせることに魅力を感じる人々と言える。小説の文字が記号化し、再現が概念によるものになっているのが現代の読書であるとするならば、殊更に想像力を働かせ、豊かに再現をするならば、新しい読書体験が生まれるのは必然であろう。

二、「道頓堀川」に描かれた大阪

現在我々が読む「道頓堀川」の本文は、最初『文芸展望』一九七八年四月（春号）に発表されたものに、大幅に加筆して、一九八一年五月に改めて筑摩書房から刊行された改稿後のものである。この単行本の「あとがき」には、「当初、原稿用紙にして百五十枚だったものが、筆を加えたり物語そのものをいじくったりしているうちに三百三十枚にもなってしまいました」と書かれている。先にも書いたが、「泥の河」（『文芸展望』一九七七年七月）、「螢川」（『文芸展望』一九七七年一〇月）と合わせて、川三部作と呼ばれていることはよく知られている。初期の宮本輝の代表作の一つである。それぞれ、虚構度の高い作品ではあるが、宮本輝の幼年時代、少年時代、そして青年時代が、微妙に影響を与えていることも窺える。「道頓堀川」の主人公である安岡邦彦は、大学四年生の設定となっている。もし彼を宮本輝本人に準えるならば、彼が追手門学院大学の四年生であった一九六九年から一九七〇年くらいが作中時間ということになる。宮本輝自身も、大学三年生の時に父を亡くしたので、邦彦同様、多くのアルバイトをしていた。

角川文庫版『道頓堀川』（角川書店、一九八三年五月）の足立巻一の「解説」によると、作者宮本輝は、「新聞広告を見て南区法善寺界隈のバーに勤めると、そこはゲイバーで、しかも一週間後に経営者が夜逃げしてしまった。つぎに勤めたのが、道頓堀川ぞいの喫茶店で、その界隈で二年近く無頼の生活をおくった。『道頓堀川』はそうした体験に立って書かれたが、人物はすべて虚構である」とのことである。この作品には、ゲイがたくさん登場するが、このあたりに自己の体験が活かされているのかもしれない。ただし足立も書くとおり、「人物はすべて虚構」である。小説の面白さは、舞台や人物など、モデルはしっかりあっても、それを、作者が自由に動かせることのできる虚構の人物を用いて描くことで、際立つ。むしろ、事実をそのまま書こうとすると、それに忠実正確であろうとするので、制約があって窮屈でしかたがないものになりやすい。

さて、「道頓堀川」は、三本足の犬を連れたまち子姐さんを、邦彦が見るところから始まっている。この三本足の犬が狂言廻しとなって、邦彦とまち子の恋愛が描かれる。邦彦は、作中で多くの女性と関わるが、実際に関係を持ったのはまち子だけである。しかもそれが彼にとって初めての関係である。思えば宮本輝の小説の男の主人公は、多くの場合、このとおり実に禁欲的である。同じ大学生の時代を描く「青が散る」（『別冊文芸春秋』一九七八年九月～一九八二年一〇月）においても、主人公の椎名燎平は、ヒロインの佐野夏子とではなく、思いがけなく起こった星野祐子との関係がたった一度書かれただけであった。

さて、「道頓堀川」は、筋がありそうでない物語である。敢えて言うならば、武内の出会いと別れの物語と、邦彦とまち子の恋愛くらいである。しかもその両方が、はっきりとした結末を迎えていない。また、これと同じような曖昧な小物語は、他にも少しずつ鏤められている。

宮本輝は、「「道頓堀川」のこと」（『新刊ニュース』一九七八年五月）の中では、「「道頓堀川」は、行きずりの、ガラス越しに見ただけの、ひとりの玉突き師をモデルに創り出した小説である」と書いている。

多くの小説は、主人公を中心に明確な筋を持ち、舞台設定や雰囲気はそれを彩るために描かれる。しかしこの小説の場合は、舞台設定や雰囲気と人物造型と筋とが、その描写の力点において逆転しているかのようである。すなわち、この小説の主人公は、邦彦でも武内でもなく、むしろこのネオンに照らされた道頓堀川や、道頓堀周辺の歓楽街にあるかのようなのである。

冒頭近くに、次のような文章が見える。

まだ人通りもまばらな戎橋を南から北へと渡りきると、犬は歩を停めてうしろを振り返った。はがれちぎれて風化した夥しい数のポスターが欄干を覆い、たもとの、いつも日陰になっている一角から、小便や嘔吐物の湿っぽい悪臭がたちのぼっている。歓楽街の翳を宿して、流れるか流れないかの速度で西へ動いていく道頓堀川の水が、秋の朝陽を吸っていた。

現実の道頓堀川は、常に整備計画と挫折に翻弄されてきた。今でこそ、二〇〇四年一二月に完成した道頓堀川遊歩道「とんぼりリバーウォーク」のおかげで、その風景を一変させたが、それまでは、かなりの間、繁華街に接したどぶ川であった。その水も、二〇〇〇年にできた水門による調整のために、現在ではかなりきれいになったが、以前はかなり水質も悪く、一九七〇年以降、さまざまな取り組みが行われてきた。しかし、少し綺麗になっては、また元通りという繰り返しであった。一九八五年の阪神タイガースの優勝の際に多くの人々が歓びのあまり飛び込んだ際、何よりその衛生面が心配されたものであった。また、カーネルサンダース像が二〇数年行方不明になるほど、濁ってもいた。

「道頓堀川」の作中時間は、本格的な整備直前のもので、その描写も決して美しい道頓堀を描いたものではない。

大阪市の中心を南北に流れる東横堀川は、西へほぼ直角に曲がりきって、そこで道頓堀川となり、歓楽街をつらぬきながら尻無川と名を変えて大阪湾へ落ちていく。あぶくこそ湧くことはないが、ほとんど流れのない、粘りつくような光沢を放つ腐った運河なのであった。

作品の舞台の一つである、邦彦が寝起きする喫茶店「リバー」は、このような川沿いにあった。三本足の犬は、戎橋の北を東に折れ、宗右衛門町筋を歩いていく。

小太郎と名づけられた犬は、ちょうど太左衛門橋のたもとの四つ辻に坐り込んで、まち子姐さんを待っていた。邦彦は、心斎橋筋を横切って御堂筋のほうへと歩いて行く浮浪者のうしろ姿をぼんやり追った。（略）準備をすべて済ませると、邦彦はテーブルに腰かけて煙草を吸った。川岸に改修工事が施されたのは二年前の昭和四十二年である。川岸に幅二メートルほどの芝生が敷かれ、ところどころ花壇も設けられた。月日が過ぎ、緑色の帯に鮮明にふちどられるようになって、川は逆にその汚れをいっそう深くしてしまった。

これが、作中時の道頓堀川の様子である。ただし、道頓堀川、そしてそれに面した道頓堀の歓楽街は、夜になると、別の相貌を見せる。ある日、武内が、邦彦に、次のように言う。

「ここからもうちょっと西へ下るとなァ、御堂筋を渡ってそのまま真っすぐに歩いて行くんやけど、幸橋いうのがあるんや。知ってるか?」（略）

「戎橋の次が道頓堀橋、その次が新戎橋、それから大黒橋に深里橋や。ほんでから住吉橋に西道頓堀橋、幸橋となるんやけど、そのへんの橋に立って道頓堀をながめてると、人間にとっていったい何が大望で、何が小望かがわかってくるなァ」（略）

「とにかく、道頓堀が、何やしらんネオンサインのいっぱい灯ってる無人島みたいに見えるんや。ああ、俺はあんなところで生きてたんかて、しみじみ考え込んだよ。邦ちゃんも、いっぺん幸橋の上から道頓堀を眺めてみたらええ。昼間はあかんでェ、夜や、それもいちばん賑やかな、盛りの時間や」

後に邦彦は、まち子姐さんとここを訪れるが、これについては後に詳しく述べる。

ところで、邦彦は、母の死後、武内の好意で、今は「リバー」の二階で寝泊まりさせてもらっている。その経緯は以下のとおりである。

邦彦は母と五年間暮らした阿倍野のアパートを引き払い、さっそく蒲団と日用品だけを持って、リバーの二階に引っ越してきたのだった。武内は、天王寺にマンションを借りていて、そこから毎日地下鉄で通っていた。

何気ない表現であるが、阿倍野と天王寺という近い区域が正しく書き分けられている。後に登場する「金兵衛」の主人も、かつて「阿倍野区の北畠の上町線の踏切の傍」に「金兵衛という小料理屋」を出していた。現在の近鉄阿部野橋駅がある通りから北が概ね天王寺、南側が概ね阿倍野で、これは単に地名の問題ではなく、土地にまつわる空気を同時に伝えるためには、重要な区別である。

この他にも、大阪のミナミ近辺の地名は頻繁に登場する。例えば、ロンドンというスナックは、坂町にある。邦彦と政夫は、戎橋筋を南に通り抜けた、難波の駅、これは南海電車の難波駅であるが、その改札口で待ち合わせている。また、弘美という、邦彦の父の元の愛人だった女は、中学生であった頃、通天閣の近所に住んでいた。ある日、弘美と待ち合わせた邦彦は、戎橋の欄干の傍らから、通天閣が見えるかどうか試すが、見えない。代わりに道頓堀の方に目を移すが、そこには「道頓堀通りの川筋側には、大きな食堂ビルや雑居ビルが積木を重ねたように建ち並び、それに面して中座や角座などの劇場が、ひしめき合っている。戎橋の上から見えるのは、汚れた川と、ビルと、そこに掲げられた無数の看板だけである」という風景が広がっている。

武内が、戦後、得体の知れない老いた玉突き師と一緒にいて、今は焼肉店を営む女実業家になったユキの店を訪れる際の道筋は、以下のように描写されている。

デパートの前の信号を渡り、戎橋筋の、道いっぱいに溢れている人の中に入って行った。久しぶりに、ユキの店に顔を出してみようと考えたのだった。

戎橋を渡り、心斎橋筋を進んで不二家の角を右に折れるとすぐに笠屋町で、藤波ビルの看板が道の左側に見えてくる。ユキが営む焼き肉の店は、そのビルの二階にあった。

このとおり、デパートこそその名前が書かれていないが、難波の駅近くのようなので、おそらく髙島屋のことと読者の多くには理解される。また、心斎橋の不二家の名が示されるとおり、かなり具体的である。おそらく、「藤波ビル」という名だけが虚構であろう。しかし、このように実在の固有名と並べて書かれると、いかにもそれが存在するかのような印象を与えることも事実である。ちなみにユキは、以前は、「畳屋町でホルモン焼き屋をやっている」とも書かれていた。

その後、武内とユキは食事に出かけるが、その際の表現も極めて現実的で具体的である。

心斎橋筋のひとつ手前の四つ角を北へ行き、ちょうどそごうと大丸のあいだの通りと交差する場所まで来ると、ひしめき合っている建物のその無数の看板の一点を眺めて、

「ああ、あそこ、あそこ」

とつぶやいた。

この他、「心斎橋筋にある老舗のお好み焼き屋」や「太左衛門橋のたもとにある交番所」なども登場する。

邦彦がまち子と共に三本足の犬を探す場面では、以下のように、ミナミを知る誰もが思い浮かべることのでき

る風景描写が続く。

ふたりは、さっきかおるが見かけたという角座の前まで行くことにした。

中座から角座への道は混雑していた。（略）川辺に建つ大きな飲食店の壁を見あげている親子連れの姿もあった。据え付けられた巨大な張り子の蟹が、その電気仕掛けの足をゆっくり動かすさまに見惚れているのである。やっとの思いで戎橋の南側のたもとまで行くと、まち子が御堂筋に出てみようと言った。御堂筋には客待ちのタクシーが列を作っていた。（略）

ふたりは並んで、九郎右衛門町の通りを歩いて行った。てっちり、鳥なべ、蟹すきなどの大看板が頭上に輝いている。

こうしてふたりは、どんどん西に向かっていく。大黒橋を過ぎ、以前武内に言われた言葉を思い出して、西道頓堀橋を過ぎ、ついに幸橋に至る。ここで武内の指示どおり、道頓堀を遠くから見るのである。

一方、キタおよびその周辺については、ユキが、梅田に新しくできる地下街にもう一店舗出そうとしていることや、加山という「リバー」の客が道修町にある薬品会社に勤めていることなど、実際に描かれるのではなく、多くは噂話として出てくる。つまり、具体的に描かれる地名は、今、彼らが住んでいるミナミに集中している。思えば、天王寺も阿倍野も、思い出話が主であった。まち子姐さんの住む帝塚山も、釜ヶ崎のドヤ街も、話の中で紹介のみされている。

地名の描き方にも、場面の焦点の当て方が忠実に反映されていたようなのである。

三、「道頓堀川」の中の五感表現

道頓堀の風景は、この小説の中で、やはりまず視覚的に描かれる。

武内は川ぞいの大きなガラス窓から雨の道頓堀を見つめた。極彩色の巨大な電飾板は、それぞれが、ぼっとかすんだようになって、このミナミの街全体を覆い尽くしている。（略）

武内は眼下の道頓堀川に目を移した。雨に打たれて流れ落ちたネオンの色が、いまのこの瞬間にも、川に注ぎ込んでいるかに思えた。彼はその瞬間、この地で生きるようになって、ざっと四十年近くにもなることに気づいたのであった。昔の道頓堀には、何かもっと温かい、冷えた体を包み込んでくれる人間たちのにぎわいがあったような気がした。

最初はネオンの美しさから始まる描写が、最後には道頓堀の「温か」さというものを武内に喚起させている。この違いに、実は、かなり本質的な相違が考えられる。

これとちょうど反対の表現が見られる。武内が、政夫の母である鈴子について、思い出している場面である。

鈴子は寝転がったまま体を丸めて、手さぐりで下着を穿こうとした。それで裸の尻が、武内の腹を何度も撫でさすった。戸板の隙間から差し込む光が、鈴子の張りつめた尻を浮きあがらせ、そこに人間の顔を思わせる丸い影を作っていた。武内は、その形相に長いこと見入った。

前半はその場面に相応しい、極めて触感的な描写であるが、後半は、武内の想像の中を示し、思考による、肉感から離れた、冷たい視線を見て取ることができる。そこには、武内の、鈴子に対する疑念が窺える。

「お前、前の亭主が初めての男やなかったんやろ」（略）

鈴子の尻に浮き出た青白い顔を、武内は掌で撫で廻しながら覆い隠した。心に冷たいものが走って行った。

このように、触感的表現には、概ね人間的な温かさがあり、視覚的表現には、妙に醒めた、冷たい視線が見て取れる。

その後、杉山という易者に惚れて、鈴子が政夫を連れて出ていった後、武内は、以下のような状態になる。

武内は翌日から気が狂ったように玉を突いた。ひたすら修練に励んだ。ときおり、体中の血潮がざわざわと波立つような激情にさいなまれるときがあった。嫉妬と未練と憤怒とが、入り乱れて点滅し合うのである。そんなとき、玉台に敷きつめられた緑色のフェルトの手ざわりや、狭い玉突き場でうごめき合う人間の息づかいやらが、一瞬にせよ、武内の心をいさめてくれるのだった。

もうもうとたちこめている煙草のけむり、象牙の玉と玉がぶつかり合う固い音、キューにチョークをこすりつける際の小動物の悲鳴に似た軋み音、自分の魂をみごとに乗り移らせて、紅白の小さな玩具を自在に操る歓び。武内は、その刹那刹那の閃光の中でだけ、生きていることが出来たのである。

ここには、主に触感と音とが、武内を救うものとして書かれている。

では、匂いはどうであろうか。

鈴子が政夫を連れて戻ってきた夜、武内は、怒りにまかせて、「満身の力で、鈴子の横腹を蹴」る。そうして、できるだけ早く出て行けと言う。それでも、「鈴子の、寝起きの体臭が、懐しく武内の鼻をつ」く。それから四年後の冬に、三七歳の若さで、鈴子は腎臓を悪くして死ぬが、武内はその原因を、あの夜の自分の蹴りにあると確信している。それを後悔する度に、その「満身の力で蹴りつけた瞬間の感触」が甦ってくるのである。身体の感覚が、鈴子をいつまでも覚えている。おそらく、ただの記憶より、このような感覚的記憶の方が、いたたまれないものであることは想像できよう。後にもその感触が、さらに具体的に「骨よりも柔らかいが肉よりも硬い、そんなものが足先に当たったこと」と書かれている。

また、父の愛人であった弘美と会って別れた後の邦彦の心情について、次のような記述も見られる。心斎橋筋の雑踏の中でのものである。

　相変わらずの人の流れであった。邦彦はついぞ感じたことのない、何かに烈しくせきたてられているような焦りと不安に包まれながら、人混みの中を蹣跚と流れて行った。茶を売る老舗の店が近づいて来、その周辺に絶えずたちこめている粉茶の匂いの中に入った。それはそのときの気分しだいで、立ち停まって改めて吸い込んでみたくなるような芳香であったり、我知らず足を速めて立ち去ろうとさせる寂しい哀しい匂いの塊であったりしたが、いまの邦彦にはどちらでもない、霧散も揮発も沈殿もせず、ただひたすらその一線でゆらめいているぶ厚い匂いの扉に思えるのであった。
　そこから南に向かえば道頓堀であり、北へ戻れば別の土地であった。自分はこの強烈な粉茶の匂いの扉を通って、無縁の人々のうごめく泥溝のほとりに還って行くしかない、どこにも行くところはない、知らず知らずのうちに、自分はそこに迷い込んでしまったと思った。

引用が長くなったが、ここは典型的な匂いの描写の場面である。よくよく読んでみても、挽茶の匂いと、邦彦の境遇とが、なぜ重ね合わせられているのかはよくわからない。しかし読者には、二種の別のものが同時に伝えられることにより、印象が強まることも予想される。我々はおそらく、この時邦彦が置かれていたであろう心理状態を理窟で類推するのではなく、それが匂いに転換されて伝えられることにより、わかったような気にさせられるのではないか。

とにかくこの小説には、この他にも、多くの匂いが書き込まれている。「リバー」の店内に置かれた花の香りと珈琲の香りがまずその第一である。顔見知りの、目に「粗暴な光」がある男とすれ違った時、邦彦は「男の体からきついオーデコロンの匂いを嗅いだ」と書かれている。また、ある日の千日前筋では、「天津甘栗を焼くリヤカーが、苦みの混じった香ばしい匂いを放って」いる。さらに、「線香の煙が漂う法善寺への細道」という表現からも、線香の香りが感じ取られる。それらは何気ない描写ではあるが、これだけ書かれていることが証明するように、作者にとっては、場面を読者に再現させるために、必要不可欠な要素だったものと考えられる。

もちろん、匂いのみが特別に描かれるというわけではない。同じ心斎橋筋の雑踏の中でも、他の場面では、「南に向かう人々の話し声や体臭や着ているものの色合いが、大きな濁流のように邦彦の傍を横切っていた。」と書かれている。正しく、聴覚、嗅覚、視覚の総合的な表現である。

三本足の犬小太郎がいなくなったと、まち子姐さんが「リバー」に飛び込んできた時、「まち子の体から、酒の匂いと一緒にかすかな白檀の香りがこぼれていた」と書かれていた。

邦彦がまち子と二人で犬を探す場面では、「ひんやりした風が歓楽街の臭気を濁らせたり消したりしている。紬の着物を着たまち子の体からは、相変わらず、さっきの白檀の匂いが漂いつづけていた」と書かれ、読者の匂いへの注意を逸らさないようにするかのような丁寧さである。

その後二人は、先にも見たとおり、ついに幸橋までやってくる。

幸橋の真ん中まで行くと、邦彦とまち子は欄干に寄って、一直線につづいている夜の川の彼方の、道頓堀の光彩に見入った。川に光はなく、それは歓楽街に伸びて行く底深い一本の道に見えた。道は橋々をくぐって後方の、高い高層ビルのほうまでつづいて行く。苔や青みどろに覆われた太い材木が浮かんでいたが、それも道に捨て置かれた黒い岩のようである。道の果てに四角いスクリーンがあって、そこにぽつんと七色の光が映し出されているのだった。

なるほど、自分はあんなところで生きているのかと邦彦は思った。あんな眩ゆい、物寂しい光の坩堝の中で生きているのか。

ここには、実に多くの色が描かれている。そして、スクリーンとあるとおり、邦彦が普段生きている場所が、正しく遠くから、映像のように客観視されている。視覚はやはり、冷静な視線として描かれている。

その後、二人は、初めて口づけを交わす。その時も「初めて嗅いだ口紅の匂いが、いつまでも邦彦の唇に残っていた」と書かれる。またその感触についても、「邦彦にとっては初めてのことなのに、女の唇の感触は、何度も何度も味わってきた懐しいもののひとつのように思えた」と書かれ、くどいほど触感的である。匂いと触感とが、この経験を邦彦の頭の中に定着させるかのようである。さらにその日、邦彦が一人で万年床に寝転んだ際にも、「まち子の匂いが、邦彦の中に拡がっていった」と続けられる。この場にはまち子は居ないので、この匂いは、既に実際の匂いから遠く離れ、邦彦の記憶の中のものと化す。そして、「まち子とのあいだに起こった一瞬の出来事を思い出そうとしたが、心の中には、幸橋の上から眺めた道頓堀の遠い光芒が」映し出される。それについて邦彦は、次のように考えている。

眩く華やかな眺めであったはずだったが、邦彦には、かつて見たこともない冷え冷えとした、ひどくちっぽけな景観として心に甦って来るのである。

色とりどりの光をまとった船が、暗い海原に出航して行き、それを視界から消え去るまでじっと見送っていた、そんな空虚な寂しさがまといついて、邦彦は幸橋から見えていた夜の道頓堀が、人気のない一艘の満艦飾の船みたいだったように思えるのだった。


ここでも、視覚的な景観は、「冷え冷えとした」ものである。そしてこの夜から、まち子のことを思うようになった邦彦にとって、「道頓堀という満艦飾の船を、並んで見つめていた着物姿の女は、いまかぐわしい匂いを放ちながら、邦彦の心にまといついてきて離れようとしなかった」という事態になる。ここには、道頓堀という視覚的世界と、まち子という嗅覚的世界が、対比的に並置されていることがわかる。

この小説のクライマックスの一つは、まち子と邦彦が一緒になる場面であろうが、臨時休業の札を下げた「梅ノ木」の二階の座敷で、二人はまず口づけを交わす。その際にも、「新しい畳の匂いが、邦彦の鼻を刺した」とあり、匂いに注意が集められる。

その後に描かれる濡れ場は、少し変わった設定で書かれている。店の前に客が来て、待ち合わせのためにそこに立っている中、二人が抱き合うのである。

邦彦とまち子は抱き合ったまま顔を見合わせた。まち子が人差し指で、しいっというふりをして耳を澄ました。男たちの声はそれきり途絶えたが、寒そうに足踏みしているらしい音が畳から伝わってきた。
邦彦はまち子の裸の腹の上に置いていた掌を、またゆっくり下にずらしていった。まち子は、いやいやをするみたいに顔を動かし、初めのときよりずっと大胆に熱く火照った体をすり寄せた。（略）
邦彦はまち子の体をまさぐった。（略）まち子の喉から洩れる声や体の動きは、室内に靄みたいにけぶっている薄明かりや、真下の路上から聞こえてくる男たちの話し声を次第に遠くのものにしていった。（略）動きを止めてからも、なお体をすり寄せてくるまち子の体を触りながら、邦彦は鋭利な刃物で切り刻まれたような鈍痛を自分の体の中に感じていた。

このような場面は、常套の表現に陥りがちであるが、外の音と共に描かれることで、妙な生々しさを可能にしている。それは、感覚的表現であるため、読者に感覚的な再現を求めるからと思われる。

小説の最後は、道頓堀ではなく、もっと小さな宇宙の視覚的描写で閉じられる。

武内は、玉突き場の蛍光灯に照らされ、前転し、後転し、斜めにひねられ、直線とかすかな弧を交互に描きながら、硬い音をたててぶつかり合っている赤と白の玉を見やった。それはもはや丸い象牙の玩具ではなく、細長い棒から突き出される邪悪なエネルギーにもてあそばれて、目に沁みるばかりに鮮やかな緑色の小宇宙を輾転する、小さな切ない生命体であった。

ここには、赤と白の玉と、緑のビリヤード台の原色の色と共に、音もしっかり描き込まれている。視覚情報のみならず、二つ以上の五感を共に描くことで、文字だけでできている言語芸術である小説の世界が、立体的に読者に再現されることが目指されているかのようである。

五感を豊かに描くこととは、このような読書のシステムをよく理解した作者にのみ可能な、場面喚起力の強化の方法であった。宮本輝の五感表現は、これだけの分量を見ても、計算されたものであったことは、間違いあるまい。

四、食道楽の街ミナミ

これまで、視覚、聴覚、嗅覚、触覚についてては、数多くの例を挙げてきたが、食い倒れの街大阪の肝腎の要素、味覚について、最後にまとめて見ておきたい。

そもそもこの小説は「リバー」という喫茶店の二人の男、武内と邦彦を中心とする物語であり、喫茶店の珈琲の香りは、常に漂っている。武内は、邦彦のたてる珈琲の味について、「邦ちゃんの珈琲は独特の味やなァ。苦いし、濃いけど、ちょっとも舌にもたれへん。……ええ味や」と評している。後には、ヌードダンサーのさとみが邦彦の作るサンドウィッチを食べている。

武内は昭和二一年に復員し、しばらくして道頓堀に戻ってきたが、その頃の道頓堀は、「群衆のひしめく闇市の中からは、絶えず食べ物の匂いと湯気と甲高い叫びがたち昇っていた。人々は、何でもいい、ただ食べ物の匂いとそれを煮る鍋の湯気さえみつければ、近寄っていくのである」と書かれている。しかしこれは、かつての食道楽の街の食べ物とは、やはり区別されるものであろう。

その頃の武内は、惚れた鈴子という女のために、「本物の砂糖入りぜんざい」を食べさせたり、「進駐軍から流れたバターやコンビーフなど」も手に入れたりしたようである。

また、鈴子を寝取られた後、ユキという顔見知りの娘に再会し、「法善寺横丁にあるぜんざい屋」に連れて行く。これはおそらく例の「夫婦善哉」を指すものと思われる。

また、男と別れて政夫を連れて帰ってきた鈴子を蹴りつけた翌日、武内は、「馴染みのうどん屋に行き、三人分のうどんとめしを出前箱に入れて」帰ってきて、「自分の息でうどんを冷ますと、一本一本政夫の口に入れてや」る。何気ない描写であるが、大阪におけるうどんの旨さと、政夫への愛情がにじみ出ている。

邦彦は、父の愛人であった弘美の若い頃を想像して、「きっと千日前や日本橋あたりの大衆食堂でよく見かける気っ風のいい娘たち」みたいであると思い描いている。大衆食堂文化も、このあたりに根付いていた。邦彦は、千日前の定食屋で食事もしている。

かつて阿倍野の北畠で「金兵衛」という小料理屋を出していて、今も同じ名前の一杯飲み屋を日本橋でやっている男に呼び止められた邦彦は、この店に招待される。店で男は次のように語る。

「店はたいしたことおまへんけど、うちのてっちりは本物でっせ。ミナミでも、うちぐらいのフグを出す店はそないおまへん。（略）」

そうして、邦彦にフグの白子を焼いてくれる。

「フグの白子を餅焼き網で焼きまんねや。炭火で焼くのが最高でんなァ。そのあつあつのやつにだいだいをかけて、紅葉おろしで食べてみなはれ。こんなにうまいもんは、ざらにおまへんでェ。柚子でもええんやけど、わたいはだいだいを、じゃあっとかけるのが好きですねん。だいだいは、愛媛の宇和島から取り寄せてまんねや」

とりわけこの場面は実に旨そうである。ちなみにこの男の名刺には、「割烹　金兵衛　宇崎金兵衛」と書かれてある。邦彦は、白子をあてにビールを飲み、湯豆腐も勧められるが、この日はこれで店から出ていく。

一方、武内は、畳屋町のホルモン焼き屋から、笠屋町の焼き肉の店を出すようになったユキの店を訪れ、二人で食事に出かける。ユキが案内したのは、「ステーキ　ローレル」という二ヶ月前に開店した店で、「一週間食べつづけても飽きへん味」だと、客に教えられたとのことである。ここで、ユキは、メニューを見て、「カニのテリーヌ、フォアグラのプリン、牛の骨髄入りコンソメ、エスカルゴのパイ皮包み焼き、キュウリのコールスープ、それからフィレ肉のステーキ」を注文している。

邦彦が就職試験に落ちた際、武内は、邦彦をまち子の店「梅ノ木」に誘う。勝さんという板前が、「鰤の照焼き」を出す。

ある日、邦彦は、かおるにサンドウィッチを御馳走になった後、かおると別れて、路地から路地を歩くが、そこには、「ホルモン、一口寿司、餃子、ワンタン、おでん、酒、うなぎ」などの看板が道を塞いでいる。これが道頓堀の裏露地の風景を作っていることはいうまでもない。もちろん、別の通りにも、「格子戸の料理屋や一枚扉のバー」がある。邦彦は、「金兵衛」に行きたくなり、熱燗でフグの焼白子を食べている。宇崎は、夜なら、「ちゃんとしたふぐちりを出しますのに」とも言っている。

先にも書いたが、ユキがある日、「リバー」に、「心斎橋筋にある老舗のお好み焼き屋で、まだ熱いお好み焼を三枚買って」来て、武内と邦彦に振る舞ったこともあった。

こうして見てくると、道頓堀界隈には、実に様々な種類の食べ物屋があることがわかる。というより、このように雑然と何でもあるので、ここにさえ行けば、その日の気分で何でも食べることができるというのが、この街の特徴と言ってよいかもしれない。このような、整頓されない、雑多な「うまいもん」のイメージこそが、道頓堀のネオンサインのイメージと重なり合う。

食道楽とは、決して高級なグルメをばかり指すのではない。むしろ大阪にあっては、庶民的で、雑多で、組み合わせ自由なイメージがある。そしてそれが、「大阪イメージ」そのものとも言えるわけである。

第五章　「錦繡」

―蔵王・書簡体小説と偶然性―

一、「錦繍」はなぜこれほども読まれるのか

「錦繍」(『新潮』一九八一年一二月)は、宮本輝文学の中でも最も多くの言語に翻訳された作品である。宮本輝の公式サイトThe Teru's Club (http://www.terumiyamoto.com) に掲げられているものだけでも、英語、中国語(簡体字、繁体字)はもちろん、フランス語、ロシア語、韓国語、スペイン語から、ルーマニア語、ヘブライ語、ヴェトナム語にまで及ぶ。

なぜこれほども多くの国の人々に読まれることとなったのであろうか。

もちろん、作品の舞台に選ばれたため、その国の人々にも親しみを持たれた、ということなど、理由はいくつか想定される。しかし、その根本的な要因は、やはり国の別を超えた内容の魅力に求められるべきであろう。書簡体というスタイルに隠れて見えにくいが、この小説には、読者を牽引する手法が多く取り込まれている。

この小説の登場人物の相関図は、極めて単純である。勝沼亜紀とその元夫の有馬靖明との間に交わされた往復書簡だけで構成される小説なので、厳密に言えばこの二人だけが登場人物で、あとは書簡内登場人物、ということになる。この枠組の単純さは、書簡内にどれだけ複雑な人間関係が存在しようとも、読者には極めてわかりやすいという長所をもたらす。

その書簡内登場人物のうち重要な人物は、亜紀の側では、まず亜紀の父で星島建設社長の星島照孝であろう。彼は物語展開において主導的な役割を果たしている。現在の夫勝沼壮一郎は大学教員で、若い愛人との間に子供までである。一方、靖明の方では、この二人の離婚の原因となった無理心中事件を起こした瀬尾由加子という幼馴染と、現在一緒に暮らしている令子という女性が重要な役どころである。男女間については、いずれも三角関係を孕む関係である。

亜紀は息子清高とともに偶然訪れた蔵王で、一〇年前に別れた夫である有馬靖明と、これも偶然に同じゴンドラに乗り合わせる。その時の靖明の落ちぶれた風貌が気になった亜紀は、長い長い手紙を送る。ここから書簡の往来が始まり、物語が語り始められる。この最初の手紙に明らかなように、書簡体小説は、あくまで物語の語り口の枠組であり、現実の手紙そのものではない。この分量の手紙を収容する封筒はかなり大きなものとなろう。読者もまた、それが現実に交わされた手紙であるという「ふり」を受け入れつつ、手紙のやり取りを追いかける。書簡体小説というスタイルは、虚構が虚構であることの前景化を目指したものと考えることもできる。そしてその枠組の中で、偶然の要素が数多く鏤められている。後に触れるとおり、偶然は、通俗小説の属性とされることもある読者牽引の一装置である。

当初亜紀は手紙で、自分たちの離婚の原因となった事件について、その真相を尋ねる。これは読者の興味でもある。つまり、作中人物が過去の謎を辿っていくのを、読者もまた同じような興味を持って辿っていくという構成になっている。そして、亜紀が次第に過去の真相を知るにつれて、読者もまた、物語の内容を受け取るということになる。この、謎かけと謎解きによる読者の牽引は、あらゆる小説に多かれ少なかれ見られるものであるが、それが書簡という書き手と読み手の限定されたメディアの中で行われるために、読者は、より強く手紙の読者に寄り添ってそれを読み、謎解きに対してより過敏に受け止めることとなることが想像される。これもまた書簡体小説の効果の一つであり、このような効果が、日本国内にとどまらない多くの愛読者を生んだ理由と考えることは容易であろう。

靖明が中学生の時同じクラスにいた瀬尾由加子と京都で再会したのは、得意先の業務部長が入院している円山公園近くの病院に病気見舞いに出かけ、見舞い品にメロンでも買おうと立ち寄った百貨店で、その寝具売り場に由加子が勤めているという情報を思い出したためであった。寝具売り場に見当たらなかったのだが、いったん諦めかけたものの、他の女店員に訊ねてようやく再会できたことになっている。このことについて、「そのとき、私がそのまま帰ってしまっていたらと、ときおり考えることがありますが、それが人生というものの持っているどうにも抗うことの出来ない罠のようなものなのでしょう。」と書かれている。この靖明の認識に明らかなように、この小説の登場人物たちは、運命や偶然というものに殊更に翻弄されているように映る。

二人の人生のターニング・ポイントとも言えるこの百貨店での再会は、後から見れば明らかな転換点であるが、その時、本人たちには全く見えていない偶然である。この小説は、このような、誰にでもある人生の偶然の岐路を、極端な事例で示す。読者にとっては、このような、あの時の分かれ道を綱渡りのように渡ってきた自らの人生の、普段当たり前と思っている不思議な軌跡をもう一度振り返らせるからこそ、この小説に、意識無意識の別を越えて、惹きつけられるのではないか。このことも、この小説に大きな魅力をもたらせた理由と考えられる。

再婚した亜紀が産んだ息子の清高は、生まれつき障碍を持つ。この清高の存在は、物語に、濃い陰影を与えている。後に詳述するが、子供であり、障碍者である清高が生まれたことが、運命的であるかのように見えるほど、清高は亜紀の何かを背負っているかのようである。子供や障碍者は、健常者である大人に対して、社会において周縁的存在である。周縁的存在の方が、小説の中では描かれやすい。ここには、小説作法の秘訣のようなものが存在している。

書簡体、偶然、周縁の三語を鍵に、この小説の読者の牽引力をさらに明らかにしたい。

二、書簡体小説の特徴と魅力

この小説の中の書簡体小説の特徴は以下のような点にある。例えば蔵王のゴンドラでの再会について描く文章に、以下のような箇所がある。

私は、ほんのつかのまに何度も、本当にこの人はかつての私の夫だった有馬靖明さんであろうかと自問自答いたしました。

この文章は、個人の手紙、しかも相手がかつて夫婦であった二人の間の手紙としては、よくよく考えてみれば、やや不自然であろう。通常なら「本当にあなただろうかと思いました」で済むはずである。そこには、情報が盛り込まれすぎている。他にもこのような箇所はたくさん見られる。

「ほんとにお久しぶりです」。あなたはそう仰言ってから、ひどくぼんやりしたお顔を清高に向け、「お子さんですか」とお訊きになりました。

この文章も、よくよく考えてみれば不自然である。二人の間に起こったことなので、わざわざ相手に確認するような事柄でもない。

しかし我々読者は、これを読んでも、さほど違和感を持たないのではないか。そこには、あるからくりが存在するものと思われる。我々は、この手紙を、小説として読んでいるのであって、通常の手紙を読んでいるのではない、という前提の作用である。先に述べた、虚構であることの受け入れである。

さらに、時に次のような注記も入る。

（もしこの手紙をお読みになっているとすれば、きっとあなたには退屈極まりない文面であることでしょう。でも、もう手紙を出してくれるなと断わられたうえで、なおしつこく差し上げる手紙なのですから、私、好きなことを好きなように書きつづけてまいるつもりでございますことよ）。

ここにも、やや穿ちすぎかもしれないが、手紙の相手より、むしろそれを覗き見している我々読者を意識しているような意図が感じられる。この、敢えて仮構された覗き見のシステムが、読者の興味をかきたて、この作中世界へと誘うのであろう。

書簡体小説については、暉峻康隆『日本の書翰體小説』（越後屋書店、一九四三年八月）に、以下のような記述が見える（第一章「書翰體小説の性格と地盤」）。

書翰の最も一般的な性質は、いふまでもなく「報告」である。（略）書翰の場合は身辺的事象を主とし、（略）よしんば社会的事象が報告されるとしても、常に一人称をもつて主観的になされるのを普通とする。

さてこの書翰における「身辺的報告」といふ一般的性格が、どのやうな形で文学に参与してゐるかといふと、大よそ次のやうな場合が考へられる。

第一に親愛を前提として、自己の心境・動静および見聞の報告、あるひは忠告し、説諭する場合であるが、小説であるためには、それ等はすべて心理的にもしくは題材的に特殊であることが要請される。たとへば心境報告は懺悔、告白等が最も効果的であるが如きである。

第二に希求を目的とした報告であるが、それは内容によつて二つの場合に分類される。その一つは男女間における愛情の希求であるが、報告とはいひながらこの場合自己の心内風景の報告なのであるから、具体的な現象報告よりも、主観的抒情的表現に重きが置かれる。（略）

他の一つは恋愛をのぞく精神的、物質的な援助を求める場合で、（略）叙事的傾向をたどる。なほこのほかに特殊ではあるが、遺書、絶縁状等が数へられる。

引用が長くなったが、ここに一般的な書簡体の性格が尽くされていると考えられる一方、「錦繡」が、そのどれとも似て非なるものであることがわかる。

確かに亜紀と靖明の手紙は、いずれもそれぞれの近況の「身辺的報告」に相違はないが、その前提に、なぜ別れたのか、真相がお互いによくわかっていない同士の探り合いの状況があり、報告するより、相手の何かを聞き出すことに重きが置かれていることは明らかだからである。そのために、もちろん、さまざまな近況が次第に報告されているのも事実であるが、それは、「希求」というほどの切実さを持たないのである。その内容は、お互いに向けられたものというより、むしろ読者に向けられた説明であるかのようにも見える。ましてや、相手への物質的希求どころか、愛情の希求も、当初より放棄されているために、第二の意味合いもあまり備えていない。

要するに、この小説の書簡は、お互いに向けて、お互いの愛を勝ち得ようなどとするような、当事者同士の訴えではなく、そのような動的な機能を持たぬ、報告という静的な機能にとどまるがゆえに、当事者ではなくその背後にいる読者が読む小説というスタイルと合致しているものと考えられるのである。謎解きの要素をふんだんに用い、二人の関係をめぐる偶然や運命なるものをも取り込むので、お互い同士の閉じたメッセージであったはずの言葉が、むしろ読者に広く開放されているわけである。

三、蔵王と偶然性

ただし、謎解きも偶然も、物語の常套手法であり、多用すると、作品の枠組が低俗になりがちである。この小説の読者が、推理小説的な展開を期待しているとは思えないし、あまりに陳腐な偶然的邂逅ばかりが描かれれば、興ざめすることも想定される。

ではどの程度の偶然なら読者に許容されるのであろうか。

冒頭の再会の偶然を描く表現から検証してみたい。

蔵王のダリア園から、ドッコ沼へ登るゴンドラ・リフトの中で、まさかあなたと再会するなんて、本当に想像すら出来ないことでした。（略）

あの日、私は急に思い立って、上野駅からつばさ三号に乗りました。子供に、蔵王の山頂から星を見せてやりたいと思ったからでした。（略）

香櫨園の家に帰るために、息子と一緒に東京駅まで来て、そこでまた蔵王の観光ポスターを見たのです。ちょうど紅葉の季節らしく、大きな写真いっぱいに、色とりどりの樹木が枝を拡げていました。蔵王といえば冬の樹氷ぐらいしか知らない私は、東京駅のコンコースに立ち停まって、やがて無数の氷と化してしまうであろう樹木たちが、いま鮮やかに色変わりして、満天の星空の下で風になびいているさまを想像してみたのです。（略）

それで、私たち親子にはちょっとした冒険だと思われましたが、駅の中にある旅行代理店に行って、山形までの切符と蔵王温泉の旅館の予約、それに仙台から大阪空港までの帰りの飛行機の座席を頼んだのです。（略）

もし蔵王を一泊で切り上げていたら、あなたとお逢いすることもなかったでしょう。いま私には、それがとても不思議なことのように思われてなりません。

ここから、明らかに偶然の不思議が登場人物にも意識されていることがわかる。同じ手紙の中には、次のようにも書かれている。

山形という遠い地の、それも蔵王の中腹の、巡り巡っている無数のゴンドラの一台に、同時にあなたと乗り合わすはめになるなんて、考えただけでも心が冷たくなるような偶然ではないでしょうか。

一方、靖明も、蔵王に来たのは偶然の結果である。金策に駆けずり回る途中、目つきの悪い男を見かけ、ならず者の借金取りと誤解して、蔵王にまで逃げ込んできた靖明は、ドッコ沼の横の山小屋の二階でしばらく寝泊まりし身を隠すことにして、時々、温泉町とゴンドラで往復している。ある電話番号を記した手帳を山小屋に忘れ、飛び乗ったゴンドラが、亜紀たちの乗ったゴンドラであった。

これについて、靖明自身も次のように述べている。

　気がせいていたので、別に次のゴンドラを待ってもたいした時間の差はないのに、誰かがすでに乗り込んだゴンドラに慌てて乗ってしまいました。そして、そこでなんとあなたと巡り合ったというわけです。

　目の前に坐っている、身なりの上品な婦人を見たときの私の驚きは、あるいはあなたが感じた以上のものだったかもしれません。

このように、その偶然が、あたかも確かに生じた、真の偶然であることを、作者は繰り返し丁寧に読者に断っている。その真実らしさを主張する言葉は、それが小説であるために、読者に対して、この偶然をとりもなおさず受け入れることを強制する。しかしながら、この表現は、これが偶然であると当人たちが言語化し意識化しているという事実をも同時に示すために、読者には偶然らしさがそのまま伝わる前に、偶然という設定であるという作者の戦略と意図が先に伝わるという危険性をも併せ持っている。要するに、偶然だ、偶然だ、と登場人物に認識される偶然は、作品レベルにおいては、作り物の印象をも生み出してしまう可能性がある。偶然であることが、作中人物の言葉で対象化されているために、この偶然を作った作者にとっては、必然の構成であることをも示してしまう確率が高いためである。

この元夫妻の偶然の再会は、九鬼周造のいうところの「二元の邂逅」の偶然で、『偶然性の問題』（岩波書店、一九三五年一二月）の中で九鬼が整理し詳述してみせた偶然の性格の一である「仮説的偶然」の性格を指す。九鬼は同書の中で偶然性の問題を、定言的偶然、仮説的偶然、離接的偶然の三項に分けて論じているが、そのうち仮説的偶然の「核心的意味」を、「一の系列と他の系列との邂逅」とする邂逅すなわち出会いの偶然で、二つの別々の事象がたまたま出会う偶然であるとしている（「結論」）。

さらにここには、偶然の二重構造が見て取れる。二人が蔵王へ向かった理由がそれぞれ偶然の事態であり、さらにその偶然が二人を偶然に邂逅させたからである。これについても、九鬼が同書の中で、「複合的偶然」と呼んでいる。

この二重の偶然について、木田元が『偶然性と運命』（岩波書店、二〇〇一年四月、岩波新書）において、次のように述べている。

ところで、〈略〉われわれは〈偶然性〉の問題を、九鬼さんの言う〈経験的偶然性〉にしぼって考えようとしているのであるが、〈経験的偶然性〉とは、九鬼さんの定義に従えば〈独立せる二元の邂逅〉ということであった。しかし、もしそうだとしたら、われわれのまわりにある現実は、偶然で満ちあふれており、すべてが偶然だと言ってよいことになる。ところが、われわれが特に〈偶然〉と呼ぶのは、そのうちのかなり特定のものである。つまり、同じ〈独立せる二元の邂逅〉のうちでも、われわれにとって意味のあるもの、あるいは特に重大な意味のあるものに限られる。ところで、そのようにわれわれにとって特に重大な意味をもつようになった偶然・偶発事、つまりなんらかの意味で〈内面化された〉偶然が〈運命〉と呼ばれる。となると、〈偶然〉が〈偶然〉として見えてくるのは、いわば〈運命〉から遡ってのことだということになららないであろうか。

ややわかりにくいが、要するに、偶然の出来事は、それぞれの人物にとって、偶然と見えるような重大な出来事でなければならず、人生の一大事に関わる、すなわち運命に関わるものでないと、たとえ存在していても意識されないということが述べられている。これは、原因と結果の堂々巡りにも似るが、偶然という客観的な基準はどこにもなく、それを意識する側の視線の中にあるという指摘は重要である。

蔵王という土地もまた、二人にとって、別段必然的な場所ではない。強いて言えば、新婚旅行で訪れた秋田の乳頭温泉を思い浮かべるような場所であったという程度である。かつては西宮の香櫨園に共に暮らし、今も関西近辺で暮らす二人にとっては、縁も所縁もない土地である。偶然の邂逅は、このように、普段の生活の場から遠いところで起こる方が劇的であろう。この場所は、偶然性を強調するために、選ばれてきた土地なのであろう。

しかしこの偶然は、二人にとって、解決を避けていた過去の事件の謎解きという特に重大な意味を持つのであるから、運命的な再会により、この小説が可能となったということになるために、物語の必然でもある。その上で、この再会が、二人の距離を近づけるようには進んでいかない点に、この男女の特徴が集約されているのである。一方で、再会が起こらなかったら解決されなかった謎解きが、新たな興味としてここに提出され、小説が進んでいくことになるので、小説を書く作者のレベルから見れば、仕組まれた偶然であり、二人の行く末とは別の意図で、再会の偶然が設定されたということになる。極端に言えば、この物語が生成するために起こった偶然という必然、なのである。

繰り返しになるが、ここで論点となるのは、偶然という要素が、小説の中で効果的に機能するためには、どの程度まで許されるのか、という点である。これが、例えば横光利一の「純粋小説論」（『改造』一九三五年四月）や中河与一の『偶然と文学』（第一書房、一九三五年一一月）の中などで検討された、偶然の通俗性という論点である。

横光が、「もし文芸復興といふべきことがあるものなら、純文学にして通俗小説、（略）」しかなく、また、「通俗小説の二大要素である遇然と感傷性」などと述べたことは有名である。その意図は、中河同様、「遇然」なるものの復権にあろう。その際の「偶然」の効用は、必然に対置された、いわば不可知の性格にある。中河与一の「人間的牽引力」（前掲『偶然の文学』所収。なお初出は、『大阪毎日新聞』一九三五年六月二七日）には、次のような文章が見える。「共産主義者達」についての言葉である。

彼等は常に「必然」といふ。だがわれわれはかつて明日のことを、たつた一秒さきのことをさへ知つたことがあるだらうか。（略）

実際をいへば、未来が不可知であると同じやうに、現在も過去も、事実の記録は有り得るとしても、不可知であることには変りがない。（略）

われわれ文芸の徒が日常茶飯を写し、また高踏の気魂に立ち、それぞれの小説を構造しようとして思ふことは、常に過去も現在も未来もひとしくこの不思議な偶然で充満し、この偶然を洞察し、慧感するところになければならない。かくのごとき謙虚さにおいてのみわれわれの小説は常に不可解の発展と、事実とによつてわれわれを魅惑し、驚かすのである。ただその偶然の中で常に人間が自分の幸福を希望し、意志して生きてゐるといふことが、個々の偶然を聯珠のやうに見事につづりあはせるのである。

これが中河の変わらぬ主張である。

小説は、日常生活の中に埋没している読者に、いわばこのような驚きを提示するために、偶然を作中にもたらすのである。まず第一段階として、この小説は、二人を偶然に出会わせることで、中河の主張にも合った「魅惑し、驚かす」小説という風貌を示す。その後さらに、靖明と亜紀とは、想定される一つのハッピーエンドである、よりを戻すという結末へは向かっていかない。ここでも、読者の想像を裏切るという形で、別の「驚き」を与えている。すなわちこの小説は、二重に読者の期待を裏切ることで、逆説的に読者の興味を牽引する小説となっているわけである。その際に、偶然なるものが、見事に用いられたということができよう。

四、周縁性と人間への温かな視線

もう一つ、この小説には、我々読者を殊更に作中に惹きつける要素がある。それは、周縁的な存在による導きである。

中心と周縁という考え方がある。世の中には、中心的な事象と、周縁的な事象があるとして、例えば、テレビのニュースや、新聞の文体は、読者を一般の大人に設定して書かれている。子供新聞以外は、小学生などを原則としてターゲットにしていない。この時出来上がっているのが、社会の構成の中心が大人であり、子供はその周縁に位置づけられている、という図式である。

これはさまざまな場面で、組み立てられる対立項であろう。これだけ世の中が進んでも、未だに男性中心社会であり、女性が周縁的存在である場面はあちらこちらに認められる。障碍者も、社会の中では周縁的存在である。ところで、芸術作品の登場人物は、中心的人物が多いかというと、むしろ逆であることに気づく。当たり前の人が登場人物であっても、訴える力が小さいのか、芸術作品の登場人物は、社会の周縁に位置するあぶれ者や、「痴人」の愛を語る語り手、「人間失格」者、「坊ちゃん」などが、昔から多いことは、周知のとおりである。

ここにも、小説作法上のからくりが認められる。

社会の中心的な存在は、大多数を占める人々であり、この人々は、いわゆる通常人であり、一般人であり、普通であり、常識的であることが前提となっている。そのために、他の人の興味を引く、特徴的な物語の登場人物にはなりがたい。普通の人の普通の恋愛の、しかもハッピーエンドの話を、読者は期待しない。

反対に、同じ話でも、幼い子供などが主人公であれば、強いメッセージを持つことがある。例えば、老人から若者まで多くの人々が亡くなった災害のニュースにおいて、子供を抱いて亡くなった妊婦や、結婚を控えた若者の死のニュースの方が、より多くの注目を集めるということがある。そのように報道も誘導していたものと思われるが、そこには、興味の集中が期待される何かが想定されている。これを、周縁の考え方で説明することができる。

もちろん、老人であっても若者であっても、一人の大切な命であることに変わりはない。どの死も平等に悼むべきであるが、興味のレベル、ひいては物語の理論において、残酷なことながら、このような差は明らかなのである。

「錦繡」には、清高が習っているひらがなの練習帳をめぐる、実に興味深い話が書かれている。

そこには〈みらい〉という字が並んでいました。

〈ら〉の行はまだ習っていないところなのに、どうして先生は〈みらい〉と書かせたかと私が訊くと、清高はわからないと答えました。じゃあどうして〈ら〉という字が書けたのかと訊いてみますと、先生は何も言わず、黒板に〈みらい〉と書いて、何度も〈みらい、みらい、みらい〉と生徒たちに声をあげて読ませてから、〈ら〉はまだ習っていない字だけれども、〈みらい〉という言葉を知るために、黒板の字を写しなさいと命じたそうでございました。〈みらい〉とは、あしたのことだと先生は教えてくれたと清高は言いました。

この場面は、中心と周縁の関係について典型的な場面である。通常の学校で、このような教育が行われたとしても、さほど感動は生まれないと思われるが、彼ら生徒が障碍児であることが、この「みらい」という言葉を特別にする。そして、文字というものを習うという行為が、特別のものであることが明らかになる。

さらに手紙の執筆者である亜紀は、これに続けて次のように書く。

私はいまこの手紙をしたためながら、あの清高の書いた〈みらい〉という字を思い浮かべております。私たちは、これまでの何通かの手紙で、ほとんど過去のことばかり触れてまいりましたわね。ふたりの手紙を比べると、私のほうが、過去について書いた回数の多いことに気づきました。

そうして、ここから、この悲しい物語が、少しだけ、明るい方向性を見せ始める。事実は何も変わらないので、解釈だけが変わるだけなのであるが、そこには、大きな転換点が認められる。

かつて父が言った言葉が、甦ってまいります。「人間は変わって行く。時々刻々と変わって行く不思議な生き物だ。」父のいうとおりです。〈いま〉のあなたの生き方が、未来のあなたを再び大きく変えることになるに違いありません。過去なんて、もうどうしようもない、過ぎ去った事柄にしか過ぎません。でも厳然と過去は生きていて、今日の自分を作っている。けれども、過去と未来の間に〈いま〉というものが介在していることを、私もあなたも、すっかり気がつかずにいたような気がしてなりません。

ここには、過去を全的に受け入れる姿勢が見て取れる。後悔も反省も、やり直しもない二人であるが、そのまますべてを受け入れることにより、過去が乗り越えられようとしている。

おそらく、人間が、運命や偶然というものに打ち勝つためには、このような大きな解決しかないのではないか。

小さな出来事を見ていたはずの視点の急激な巨大化とでもいうべき方法が、「錦繍」に描かれた、偶然に彩られた特殊な世界を、読者にも共有できるものへと変える。さほど幸せでない登場人物を描きながら、幸せとは何か、人生とは何か、を問い、そして最終的には、どんな人生でも視点を変えれば実に温かいものであるということを届ける構成になっているために、読者は、幸福感を感じ取ってしまうのであろう。すべてを超えていこうとする志向性が、さほどの解決をも用意しないこの小説の読後感を、前向きで明るいものにしているものと考えられるのである。

第六章　「青が散る」

—茨木・青春小説の枠組—

一、小説の舞台と筋

宮本輝は、追手門学院大学の第一期生であり、同大学附属図書館には、宮本輝ミュージアムが併置されている。よく知られるとおり、彼の大学時代をモデルにした小説が「青が散る」(『別冊文藝春秋』一九七八年九月～一九八二年一〇月)で、一九八三年には、TBSテレビ系で、全一三回のドラマとして放映された。一九八三年一〇月二一日から一九八四年一月二七日の金曜日夜八時からの枠で、出演は、石黒賢、二谷友里恵、川上麻衣子、佐藤浩市他であった。残念ながら、ドラマは、東京郊外に舞台が移されていた。

小説においては、宮本輝、当時の宮本正仁がモデルであろうと思われる椎名燎平と、キャプテンの金子慎一は、予定では四年後にできるというテニスコートを前倒しして作るために、学長に直談判し、ポケットマネーから、コートを作るための土をトラック三台分もらい、高校用のグラウンドの一角に、スコップとツルハシとで、一ヶ月かけて、まさしく手作りしたことになっている。

ただし宮本輝自身は、単行本『青が散る』(文藝春秋、一九八二年一〇月)の「あとがき」に、慎重にも次のように書いている。

けれども「青が散る」は「道頓堀川」同様、自伝小説ではありません。二、三、モデルとなっている者もいますが、青春という舞台の上に思いつくままに私が創りあげた虚構の世界で、実際に起こった事件も何ひとつありません。

したがって、この小説の読み方としては、本来は、モデル探しをするよりも、どう作られているのかを読み取るべきと思われる。「青が散る」は、小説としても、読者を惹きつけるための典型的な構造を持つ小説なのである。

小説全体の構成について検討する場合、まずその時間的な枠取りがどうなっているのか、が問題となる。同様に、どこが舞台と設定されているのかも、極めて重要である。

椎名燎平は、大阪郊外の茨木市に新設された大学に、あまり気が進まぬまま、その手続きのために訪れる。事務室の前で佐野夏子を見かけ、彼女に惹かれたせいもあり、入学を決め、この夏子への気持ちを中心に、物語は動き始める。やがて出会った巨漢の金子慎一という男に誘われ硬式テニス部を創設し、テニスというスポーツの面白さにも目覚めていく。

テニス部には、さまざまな友人たちが集ってくる。後に大学を辞めて人妻になる星野祐子、高校時代の名選手ながら、心の病にかかっている安斎克己、フォークソング歌手を目指し、実現するが、やくざの妻と不倫して将来を失うガリバー、テニスの実力は上ながら、燎平に負けてしまい、テニスをやめるポンクなどである。燎平は、青年は自由でなければならないが、潔癖でなければならない、という大学教授の言葉や、テニスに勝つために取る戦略を考える際に、覇道でいくのか王道でいくのかと考えたり、青年的な考えに揺れたりしながらも、四年間成長を重ねていく。

テニスというスポーツの他には、友人たちの複雑な恋愛が、多くはトラブルと共に描かれる。婚約者のいる男と恋愛して傷つく夏子がその代表であり、燎平自身も、祐子と関係を持つに至る。

やがて「特権的」な四年間が過ぎ、燎平は「この四年間は、恥かしい時代やったなァ」とつぶやく。夏子は、「燎平、私みたいな傷物はいや？」と尋ねる。しかし二人の関係にそのまま続く明るい未来があるようにも思えない。みんなが、卒業と同時に、解散する形で、小説は終わる。

さて、このストーリーを、もう一度、小説の書き方の技術面から見直してみたい。ここでまず気づくのは、「青が散る」は、このように、大学生活の青春を描く小説として、大学四年間という、極めて明確な時間軸を持っている点である。また、舞台も、大学とその周辺、固有名でいうならば、関西圏に限定されている。登場人物たちの用いる大阪弁とも関連し、このことは、限定的に、この小説を特徴づけている。要するに、枠組がはっきりしている。

次に、人物がかなり多く登場するという事実に気づく。登場人物が多ければ多いほど、その個性は描き分けられる必要がある。特に、一見悪役と見える人物の像は、小説の魅力を左右する一つの要素である。なぜなら、悪役とされるのは虚構の世界にのみある設定であり、現実世界において人間は当然ながら配役ではなく、平等に存在しているため、先験的な悪役はいないので、虚構の成否を分ける目安となるからである。この小説で言うならば、貝谷朝海の造型がその代表であろう。

さて、これだけ多くの人物を登場させながら、実に精妙に人物像の描き分けを行うためには、それぞれの生来の個性を描くだけでは困難であろうことが予想される。人の性格は、普段は潜在し、もともと備わっているものとしては概ね明確な形を示さないものであるが、ある行動を取った時には、その特徴が極端に表れる。その代表的なものは、恋愛である。普段大人しいと思っていた人物が、恋愛の場面では、急に大胆になったりする。つまり人物像は、根源的な性質ではなく、表層的な行動の表れとして描かれる時、極端化され、わかりやすくなるのである。虚構である小説は、この絡繰りをしばしば利用する。この小説も、先に書いたとおり、恋愛について複雑な局面ばかりを描くので、人物像をうまく描き分けることに成功しているものと考えられる。祐子の造型などはその典型であろう。ちなみに宮本輝は、『宮本輝』（『新潮』四月臨時増刊、一九九九年四月）に収められた、「宮本輝への52の質問」という、愛読者から募集した宮本輝への質問のうち、「『青が散る』の三人の女性、夏子、祐子、恭子のうちで、宮本輝さんが一番好きな女性のタイプは誰ですか」という質問に答えて、「夏子に祐子がまざれば一番いいんじゃないかと思いますが（笑）。やっぱり祐子かな。祐子に一番愛情を感じて書きましたね。恭子はちょっとヤクザかな。」と答えている。

もう一つは、テニスそれ自体である。テニスは、他のスポーツにも増して、良くも悪くも、メンタル面が強く影響するスポーツであり、また、三セットマッチのような長い試合になると、ゲームにドラマ性が否応なく入り込む。やすやすと勝つものと思えば、油断からたちまち逆転されてしまうスポーツである。このテニスの形を描くことで、人物造型をも行っているわけである。これは登場人物の性格の、実に高度な描き分けの方法と呼べよう。

舞台背景の工夫についても見ておきたい。

この小説は、大阪を中心にした物語である。実際に追手門学院大学のある茨木を始め、北摂や大阪市内、また阪神間の地名が数多くちりばめられている。作品の舞台が、ここに通う学生たちの生活圏に限定されているわけである。

ところで、追手門学院大学については、1章の冒頭に以下のように書かれている。

　三月半ばの強い雨の降る寒い日、椎名燎平は、あまり気のすすまないまま、大阪郊外茨木市に開学となる私立大学の事務局へ行った。

　大学は田圃や農家に囲まれた衛星都市の一角の、小高い丘の上に建っていた。真新しい校舎のあたりからときおり強い風が吹き降りてきて、長いアスファルトの坂道をのぼって行く燎平のズボンや安物のスウェードの靴をびしょ濡れにした。（略）

その学院は小学校から高校までの一貫教育を目玉に、おもに金持ちの子弟の通う私学として八十年の歴史を誇っていたが、大学だけは持っていなかった。学校経営陣の積年の念願が叶って、いよいよ大学開校のはこびとなり、文学部、経済学部あわせて七百名の第一期生を募集したのである。

また、11章には次のようにも書かれている。

遅咲きの桜が、坂道の上に花びらを落としていた。（略）

三年前、燎平がこの大阪の茨木市の丘陵に建つ大学に入学してきたとき、文学部と経済学部を合わせて、わずか七百名の学生しかいなかったのだが、ことしの新入生を入れると、学生数は三千二百名に増えていた。学舎も、一号館の裏に二号館が建ち、その横に図書館が作られた。そして現在、新しく三号館が完成しようとしている。大学の建物と並ぶようにして、それまで大阪城の横にあった中学部と高校部の校舎がこの丘陵に移転して来て、真新しい白い輝きを春の光の中に浮かびあがらせている。

これは、虚構とは言いながら、かなり忠実な描写である。

『追手門学院大学五十年志』（追手門学院大学、二〇一六年三月）の第一部「トピックで描く五〇年小史」によると、追手門学院の歴史の始まりは小学校の前身である大阪偕行社附属小学校の一八八八年に遡る。それから数えれば、一九六八年で八〇周年である。追手門学院大学は、一九六六年四月一日、経済学部（経済学科）と文学部（心理・社会学科、東洋史学科、イギリス・アメリカ語学文学科）の二学部四学科で開設された。設置認可申請時の定員は、経済学部二〇〇名、文学部一六〇名で、一期生は、経済学部三七三名、文学部一四四名の計五一七名であった。小説では七〇〇名となっているが、「一九六九年、一年から四年までの学生がすべて揃う完成年度を迎えた本学は、入学定員を経済学部で一〇〇人増、文学部で四〇人増の五〇〇人へと拡大し、学生数三〇〇〇人弱の大学となった」とも書かれているので、小説の現在時においては、ほぼ現実に近い数字と言えよう。

建物についても、同書の「年表」によると、開設の翌年、すなわち、一九六七年四月に二号館が竣工し、一九六九年には研究棟、一九七〇年には図書館が竣工し、さらに一九七一年には、三号館が竣工した。宮本輝が卒業する一九七〇年には、竣工前ながら、確かに「完成しようとしていた」状態にあった。また、中学部・高等学部については、『追手門の歩み』（追手門学院、二〇一一年四月）によると、大学開設から一年後の一九六七年四月一日、それまで大阪市中央区大手前にあった追手門学院高等学部が茨木市に移転し、同時に中学部が新設された。大手前の中学部と高等学部も存続し、中学部と高等学部はこの時から二校舎制となっている。

新設大学であるために、第一期生である学生たちと共に、大学自体も、この四年間で「成長」したわけである。その一方で、この小説には、茨木市の記述は他にほとんど見られない。登場人物たちの生活は、大学以外では、他の場所に求められている。そしてそれら場所の記述にも、具体的な固有名が頻繁に用いられている。

燎平と金子と夏子が、最初に酒を飲んだのは、大阪である。

三人は国鉄で大阪駅まで出た。先に夏子の買物につきあわされて、梅田新道にあるドイツ風のビアホールに入ったころは、もう夕暮時だった。

この梅田新道にあるビアホールは、おそらく現在のアサヒスーパードライ梅田の前身である、アサヒビアホールを指す。一九三七年の創業である。

演奏が終わると、三人はビアホールを出て、御堂筋を大阪駅のほうへとぶらぶら歩いた。金子は燎平との約束をちゃんと守って、ひとり大阪駅からバスに乗って帰って行った。

また、同じ梅田新道の「裏通りにある大きなパチンコ屋」に入ったり、「梅田の東通り商店街」に出たりしていることから、この「キタの盛り場」が、この小説のもう一つの大きな舞台であることがわかる。東通り商店街の「ロココ調の装飾を施した大きな喫茶店」「白樺」はたびたび登場するし、「商店街を阪急百貨店のほうへ少し戻り、大きな靴屋の角を右に曲が」り、「細い路地をこんどは左に折れ、しばらく行ってからまた右に曲がった」ところの突き当たりにあるのが、ガリバーの実家である中華料理屋「善良亭」である。ちなみにガリバー一家は、「淀川べりに家を借りて」いる。ここは正しく盛り場であり、歓楽街である。

「梅田の地下街」にある「露人」という喫茶店も、待ち合わせ場所となっている。氏家という青年実業家に、「キタの新地」に燎平たちが連れて行ってもらう場面も書かれている。

また、ヤクザの妻恭子に手を出したガリバーを、助け出しに行ったホテルは、以下のように書かれている。

「パレス・ロイヤルを知ってるか。堂島の近くにあるホテルや」

燎平の家から自転車で十五分ほどのところにある高級ホテルであった。（略）

表に出ると、タクシーを待つ長い列が出来ていた。ふたりはどしゃ降りの雨の中を堂島大橋に向かって駈けた。橋を渡り、そのまま真っ直ぐに福島のほうに走った。

これらの記述と、「大きな回転扉を押してロビーに入る」立派さとを考慮すると、大阪ロイヤルホテルがこれに当たることが想像される。

リーガロイヤルホテル大阪の前身は、一九三五年に中之島三丁目に開業した、新大阪ホテルである。その後、一九六五年になって、中之島五丁目の現在地に大阪ロイヤルホテルが建てられた。それでも新大阪ホテルは一九七三年まで営業を続けた。この一九七三年、大阪ロイヤルホテルはロイヤルホテルと改称し、地上三〇階建ての新館（現在のタワーウイング）もオープンさせた。作中時間は一九六六年から一九七〇年前後なので、新大阪ホテルと大阪ロイヤルホテルの二ホテル共存の時代に当たる。

この他、ホテルとしては、祐子が結婚式を挙げたホテルで、燎平と祐子は食事をするが、その後二人が向かったもう一つの「ホテル」とともに特定は難しい。前者については、梅田近辺のホテルなので、大阪新阪急ホテルなどが候補の一つであろう。ちなみに大阪新阪急ホテルは、作中時間にも近い、一九六四年の開業である。

先のビアホールの場面の続きには、次のような記述も見える。

夏子の家は阪急沿線の六甲駅から山手に少しのぼったところにあることを燎平はさりげなく訊き出した。ターミナルの歩道橋を渡り、二人は阪急電車の乗り場へと歩いて行った。（略）

「燎平はどこに住んでるの?」（略）

「野田阪神。阪神電車で二駅や」

これらを見ると、人物造型と舞台設定が、極めて密接に関連していることが想像される。夏子は「神戸の大きな洋菓子屋の娘」である。この店は、「フランス菓子の専門店〈ドゥーブル〉」といい、「戦後の昭和二十五年に神戸に小さな店を開いて以来、着実に発展してきて、いまでは西宮に大きな工場と、本店以外に神戸に三軒、大阪と京都に四軒ずつの支店を拡張し、阪神間のデパートにもそれぞれ進出して、社員数三百二十名の会社にまでなっていた」と紹介されるような店である。一方、燎平は、「塗料や塗装機具を販売する椎名商会」の息子ではあったが、「従業員がひとりいるだけのまったくの個人商店」で、しかもその経営も「おもわしくない」状態にあった。証明することは難しいが、大阪から神戸に並行に走る電車は、北の山側から、阪急、ＪＲ（当時の国鉄）、阪神の順であるが、山側の阪急電車の沿線は高級住宅地が多く、海側に行くほど、庶民的であるとは、よく言われることである。夏子は阪急沿線の六甲、燎平は、野田阪神に住んでいるという設定が示すものが、生活ぶりの差であることは容易に想像される。

この夏子の家のある六甲を始め、神戸および阪神間の地名もまた、実に丁寧に書き込まれている。その数と詳しさは、梅田近辺以上とも言える。

まずその夏子の家であるが、燎平は、夏子の父が亡くなった際、初めて「阪神電車で梅田駅まで出て、阪急の神戸線に乗り換え」、六甲に向かう。駅に車で迎えに来た夏子は、「昔からの屋敷町を縫ってのぼって行く曲がりくねった細い道を走らせ」「大きな高級マンションの地下にある店」に燎平を連れていく。

神戸の中心地である、三ノ宮も頻繁に登場する。「ドゥーブル」の本店も、「三ノ宮センター街」の中にあった。また、夏子の誕生日を家族と友人で祝ったのは、「元町通りの一角を北へかなりのぼったところ」にある、「桃香園という、そう大きくもない中華料理店」であった。

ある時燎平は、「阪神電車の甲子園で降りて、甲子園球場の横を通って」、甲子園テニスクラブに行く。また、試合が終わると、「甲子園球場と反対側の、住宅の建ち並ぶ道」を歩いて行って、夏子の車に出会う。しかしながら、よく読むと、「甲子園球場の横」であることや、「住宅の建ち並ぶ道」という情報は、筋の運びのためには過剰なようにも見える。そこには、明らかにこれらの土地の雰囲気の再現が意図されている。

この他、「芦屋川をのぼったところ」や、「阪神国道」を神戸の方に向かい、「阪急の岡本駅の横の道を山側へのぼり、静かな住宅地の中の四つ角を何度も右に左に曲がった」ところにあるペールの家、さらには「阪神電車の香櫨園駅」、「手広く貴金属店を経営する安斎家」の、岡本の「古い屋敷の建ち並ぶ急な坂をのぼって行った」先にある家、燎平が夏子から衝撃的な話を聞くことになる、六甲の駅近くにある「一軒の小さな喫茶店」、また、一番最初に、夏子の車で、燎平、金子、安斎の四人でドライブした際の次のような記述など、神戸の地名は、物語の一つ一つのエピソードと密接に関連してその固有名が提示されている。

車は行先を変え、阪神国道を西に向かった。六甲の山上から神戸の夜景を眺めることにしたのである。

石屋川のほとりをのぼり、有料道路に入るころ、西陽は弱まって濃いオレンジ色となり、六甲連山や、神戸の海をべったりと覆っていた。（略）

山頂近くにあるホテルのティーラウンジで燎平たちはコーヒーを飲んだ。（略）

四人はホテルを出ると、車で少し下って、道の曲がり角にある展望台まで行った。

これらは、おそらく、六甲山ホテルと六甲山展覧台のことであろう。この場所を知る読者には、かなり強く訴える場所描写である。「車で少し下って」という位置指示は、ここを知る者には、実にうまい表現に映るであろう。さらに、安斎が入院した「明石にある精神病院」については、「明石駅からバスに乗り」、「バスを降り、小さな商店街を抜けて北へ歩いていくと、すぐ畑や田圃がひろがり始め、新興住宅地らしい、同じ型の家が並んでいるところ」にあると書かれている。これもやや過剰とも言えるほどの丁寧な描写である。

この小説は、大学四年間という時間軸を、ごく素直に、小説の記述のための時間に用いている。また、舞台も極めてリアルな大阪である。ここで、登場人物たちは、おそらく人生において、一番変化と成長の激しいこの四年間を過ごす。小説の技術面から言い直すならば、この小説は、入学と卒業とを小説の最初と最後として設定することによって、高い一貫性を与えていると言える。その時間軸の中で、登場人物たちは、単位取得の傍ら、クラブ活動の中でも、後輩から先輩になり、いろいろな人と出会い、恋愛をし、人の死なども経験し、就職につながる活動も行う。そして多くは、この時期に、青春を謳歌しつつ、次第にそれを失うこととなる。「散る」のはまさしく、この「青」色で象徴される、新鮮さや、未熟さ、未体験であることから来る自由さなどである。この小説の魅力的な青春の未熟さを代償に、登場人物たちは、大人、すなわち完成へと向かって、変化していく。この小説のタイトルが、「青」が「散る」であることについても、青春自体に焦点が当てられていると言うより、変化や喪失、そして後から見た時の一時性などが込められているからだと考えられる。先に見た宮本輝自身の「あとがき」には、これに関して、次のように書かれている。

私は「青が散る」の中に、そうした青春の光芒のあざやかさ、しかも、あるどうしようもない切なさと一脈の虚無とを常にたずさえている若さというものの光の糸を、そっと曳かせてみたかったと言えるでしょう。

この「虚無」という言葉の中には、いつか失われるものであるからこそ魅力的であるという、いわゆるロマンティック・アイロニーを見て取ることができる。青春を描くなら、このことに触れざるを得ないのである。これが、いわば青春なるものの鍵である。このやや難解なテーマをうまく読者に伝えるためには、舞台が複雑であったり、時間軸がぶれていたりすると、テーマがぼやけるかもしれない。この小説は、言葉にしにくいほど、切なくも、誰もが戻りたいような、喪失した青春の何か、言い換えれば、失ったからこそ、美しい何かを描くという難行を成就させるために、敢えて、時間軸を、大学四年間とシンプルなものとし、舞台も大阪に限定したものと考えられるわけである。

思えば、この小説の作中時間は、一九六四年の東京オリンピックと一九七〇年の大阪万博の間にあり、日本が高度経済成長を遂げる真っ只中に設定されていた。作中には、「燎平たちの大学の庭球部は、ことしから横浜にあるY大とのあいだで、年に一回定期戦を行なうことになり、六月二十五日に新幹線で来阪するY大庭球部の選手たちを新大阪駅に迎えた」という文章が見られるが、これについても、この新大阪駅が、東京オリンピックに合わせて一九六四年一〇月に開業した西の終着駅であったことを考えると、新幹線の駅に到着するというのは、作中時間から見れば、ごく最近可能になった事実であったことがわかる。先に見た大阪新阪急ホテルの開業が一九六四年、また、大阪ロイヤルホテルの開業が一九六五年であることも合わせ、当時の大阪の活気が窺える。戦後に生まれ変わった大阪の街もまた、この頃、正しく青春という成長の時代にあったのである。

二、テニス小説としての「青が散る」

もちろん、このことは、短絡的に、小説の中身が単純である、ということを意味するのではない。小説は言葉だけでできた言語芸術であるので、例えば映画など、映像によって指示されるものに一定の形が先験的に与えられている芸術より、一般的に想像する範囲が広く、またその質もより自由である。そのために、読み方に幅が生じることともなる。やや大袈裟に言えば、小説の舞台や人物像などは、読む人によって、どんな風にも読むことができる。外延と内包とは反比例することが通常であり、枠組が単純であることで、中身が集約的に濃度高く描かれることとなる場合も多い。

さらに言えば、小説の読み方には、作者側の意図より、読者の興味が優先する場合もある。この小説に描かれる要素のうち、特定のものに殊更に焦点を当てて読む読者にとっては、ストーリーや人物像などよりも、その特定の要素の描かれ方の善し悪しによって、小説の像が変化する。そのために、同じ小説であるにも拘らず、読後の印象は、その対象に興味を持つ読者とそうでない読者との間で、著しい相違を生むこともあろう。例えば、この小説の中に挿入される、ガリバーの歌などがその典型であろう。後にテレビドラマ化された際、「人間の駱駝」が、当時、大塚ガリバーという歌手名により、一九八三年にレコード化された。作詞は宮本輝と秋元康、作曲は長渕剛という、今から見れば、実に豪華なスタッフである。ちなみにB面は、「煉瓦色のかげろう」という、これもこの小説に登場する曲で、編曲の瀬尾一三を含め、同じスタッフで作られている。

ここで留意したいのは、テレビドラマ化の前に小説を読んだ読者の中には、作中のガリバーの弾き語りを、ギターや声と共に想像した読者も多くいたであろう点である。当時、特にフォークソングやニューミュージックに興味を持っていた読者は、歌詞から、そのメロディーまでも類推して読んだのではなかろうか。ガリバーの曲に、挿入歌以上の意味合いを見て取る読者がいる可能性は高い。そのような読者にとっては、この小説の相貌は、燎平たちの恋愛譚からやや離れ、ガリバーの曲の持つメッセージ性を優先させるような小説と見えることも想定されるのである。

その一方で、もちろん、全く曲を思い浮かべずに読む読者もいたかもしれない。その場合、両者の間で、読書の印象が異なるのも当然であろう。

さて、この小説において、このような読書の印象の差を生じさせる要素の最大のものは、やはり、作中のテニスというスポーツであろう。

まずそれは、「大阪の靭コート」や「甲子園テニスクラブ」、「香櫨園ローンテニスクラブ」など、実在のものとして登場してくる。しかし、この土地の名の指示性については、これらを知っている読者への効果を、知らない読者へ拡げることは困難であろう。むしろテニスというスポーツそのものの属性の方が、効果を上げやすいものと想像される。

筋や構成において、この小説を作り上げる最も重要な要素の一つは、言うまでもなく登場人物たちが没頭するこのテニスである。この小説は、一面で、テニス小説とも呼ぶべき風貌を示している。そこには、テニスをめぐる特別の用語や、テニスを知っているとよくわかるこのスポーツ独特の雰囲気などが鏤められている。そこには、テニスをプレーしたことのある者と、そうでない者との間を分ける、知識の差が歴然と存在している。しかしながら、一方で、小説家は、この差を埋めるべく、テニスを知らない読者にも、テニスというスポーツの特質を伝えようとするであろう。この、差異と共通性の中で、読者は、この小説を面白く読むことができるかどうかを試されている。

燎平と金子は、まずハード面の問題として、新設の大学にテニスのクレーコートを作ることから始める。同時に、ソフト面とも言うべき、テニス部という人間の組織を作り上げることも並行して行われる。これについては、テニスに限らない設定上の問題とすることができる。
　それに比して、小説の中に、テニスの試合の様子をたっぷりと書き込むことは、かなりの困難を伴うものと思われる。一試合の中で選手たちの演じるドラマは、ただ技術だけのものではなく、多く精神面に関わるために、それだけで一編の物語を構成するようなものとなっている。読者は、試合の場面を読む際には、いわば二重の興味を以てこれに向き合っている。テニスについては、常に勝敗を気にしつつ、小説自体の展開の意外さに期待もしているからである。この読者の期待を裏切らないように、しかも無理なく試合の展開を描き続けることは、至難の業と思われる。この作品中、この難しさに立ち向かった最大の例は、第10章のポンクこと柳田憲二と、燎平の試合であろう。この章のほとんどを使って、スリーセットマッチすべてを書き切っている。ほんの一部を引用しても、次のようなものである。第一セットを燎平が取り、次をポンクが取って、セットカウント一対一の後の、第三セット五―四で燎平リードの最終ゲームの場面である。

　第十ゲーム、燎平は最初のサーブをダブルフォールトした。〇―十五になった。次のサーブはいいサーブだったが、それ以上にポンクのレシーブはスピードと角度があり、燎平は打ち返せなかった。〇―三十となった。
　燎平の顔から血の気がひいて行った。体がこわばってきた。だが燎平はグリップを強く握りしめ、体をねじって力まかせにサーブを打った。ポンクはそのサーブを横に飛びながら返したが、わずかにサイドアウトになった。十五―三十となった。四回目のサーブはサーヴィスコートの真ん中に深く突き刺さるように入って行って、ポンクは棒立ちのままボールを見送った。三十―三十になった。（略）
　燎平はボールの下を見て、ポンクのバックに強いアプローチショットを放ち、ネットに出た。ポンクはやはりロブをあげた。しかしスピンのかかっていない守りのロブだった。燎平はそれを予測してあまり前に詰めなかったので、頃合のボールが頭上に落ちて来た。彼は充分スマッシュのフォームを固めて、右サイドに打ち込んだ。ポンクはボールを追って走りながら、すでにあきらめてラケットを投げつけた。四十─三十で、燎平がマッチポイントを握った。

ざあっと燎平の全身が鳥肌立った。マッチポイントを取られて、ポンクは必ず前に出てくる。うしろでじっくり粘るだけの余裕は、もうポンクにはないはずだった。燎平は、ここでハイボレーを決めたら、ポンクは凄いやつだと思った。どたん場で、ポンクはハイボレーを決めるかミスするか。燎平は前のゲームで四回たてつづけにポンクにハイボレーを決められたことを計算に入れていた。

ポンクがハイボレーを決める確率は三十パーセントだ。次は絶対にミスをするか、あるいは自分にとって絶好のチャンス球を与えてくれるかのどちらかだ。燎平はもう強い危険なサーブは必要ないと思った。前におびき出して、最後のハイボレーをさせてやる。

燎平はスライスをかけてサーブを打った。ポンクは強いサーブを警戒してうしろに下がっていたから、少し前に走りながら打ち返して来たが、平凡な球だった。燎平はサーヴィスラインのあたりにゆるい球を打った。ポンクはネットについたが、そのつき方には迫力がなかった。燎平はこの試合でもう何回打ったかわからないボールをポンクの左肩の少し上あたりにゆるく送った。ポンクがそのハイボレーをクロスに打つか、逆クロスに打つか、まったくわからなかったが、燎平は右に走った。勘でも計算でもなく、ただ自然にそちらに走ったというだけだった。ポンクはやや低めのハイボレーをクロスに打った。燎平は逆をつかれたのだった。だがコートの隅に飛んで行ったポンクのボールを見て、貝谷は「アウト」と叫んだ。ボール二個分ほど、間違いなくコートの外に出ていたのだった。

燎平は勝った。試合は始まってから、三時間四十分たっていた。

テニスの専門的な用語がかなり用いられているが、読んでいるとそれもさほど気にならないものと想像される。そして、全体的な枠組から、まずゲームが一進一退であることが想像されるために、よけいに緊張感を伴う読書を強いられることとなる。物語を読む多くの読者がそうであるとおり、この小説の読者も、読書を開始した当初より、中心的な登場人物である燎平贔屓の立場に立っている。この燎平が勝つことを期待する読者にとって、じらされたかと思うと喜ばされ、あたかもテニスの上手な相手に翻弄されるように、試合の成り行きを追ってしまうこととなろう。この素材は、読者を惹きつけるのに実に効果的なものと言わざるを得ない。ただし、うまく書けた場合にはという条件付きでではある。

前掲の『宮本輝』(『新潮』四月臨時増刊、一九九九年四月)には、「50人に聞く　宮本文学この一冊」というアンケートも収められているが、プロテニスプレーヤーの佐藤直子は、「青が散る」を挙げた上で、次のように答えている。

> 私が一番面白く、息もつかずに読んだのは、燎平とポンクのテニス対決のくだりであった。25ページにも渡るその長い試合の1ポイント、1ポイントが、ただ文字を追っているだけのはずの私の目に、はっきり映し出された。みごとな描写だ。

プロのテニスプレーヤーにも息をつかず読ませる描写であるとのことである。しかしそれは、おそらく、テニスをよく知るからわかる「みごとな描写」だということではあるまい。ここには、二人の生き方やものの考え方までが書き込められている。二人はテニスの試合を通じて、お互いという存在の全体を交換するかのようである。テニスを介して示されるこれら人物像の提示は、究極の人物描写として、あらゆる読者にも効果的に伝わるであろう。

これが、テニス小説、ひいてはスポーツ小説全般の魅力の一つであることは間違いあるまい。特にテニスのシングルスは、相手が一人であり、かつ、一定の時間の流れの中で勝敗が左右されるので、物語性が高いと言える。その意味で、この小説は、テニスを実にうまく取り込んだ作品と判断されるのである。

三、「青が散る」の中の匂いや香りと触感

この他にも、この小説は、ストーリーからかなり離れた読み方が可能である。青春小説であることとも深く響き合う、五感の表現の豊かさなどがそうである。

例えば、2章に、次のような文章が見られる。

雨滴を吸った木綿のシャツが、かすかに青臭い匂いを発していた。燎平は顎を引き、シャツの第二ボタンも外して自分の胸のあたりの匂いを嗅いでみた。うっすら油気の混じった、自分の匂いがした。おとなの匂いではなかった。

何気ない表現であるが、このように、自分の匂いに意識的である男を描く場面は、さほど多くはない。思い浮かぶのは、夏目漱石の「それから」(『東京朝日新聞』『大阪朝日新聞』一九〇九年六月二七日〜一〇月一四日)の長井代助などであろう。

其所で叮嚀に歯を磨いた。彼は歯並の好いのを常に嬉しく思つてゐる。肌を脱いで綺麗に胸と背を摩擦した。彼の皮膚には濃かな一種の光沢がある。香油を塗り込んだあとを、よく拭き取つた様に、肩を揺かした

り、腕を上げたりする度に、局所の脂肪が薄く漲つて見える。かれは夫にも満足である。次に黒い髪を分けた。油を塗けないでも面白い程自由になる。髭も髪同様に細く且初々しく、口の上を品よく蔽ふてゐる。代助は其ふつくらした頬を、両手で両三度撫でながら、鏡の前にわが顔を映してゐた。丸で女が御白粉を付ける時の手付と一般であつた。実際彼は必要があれば、御白粉さへ付けかねぬ程に、肉体に誇を置く人である。彼の尤も嫌ふのは羅漢の様な骨格と相好で、鏡に向ふたんびに、あんな顔に生れなくつて、まあ可かつたと思ふ位である。其代り人から御洒落と云はれても、何の苦痛も感じ得ない。それ程彼は旧時代の日本を乗り超えてゐる。

ただし、代助は、このとおり、極めてナルシスティックな男である。一方、燎平は、それほどではない。ここには、匂いを描くことの他の目的があるかもしれない。例えば4章の冒頭は、以下のようなものである。

木犀の匂いの中にいた。燎平は額の汗を指先でぬぐい取りながら、ときおり香りを嗅ぐために息を吸った。花の匂いは、とぎれとぎれに足元からゆらめきたってくるような気がした。

広いグラウンドを取り囲む野生の樹木は、どれもみな花を咲かせないものばかりだったから、木犀は、燎平のいる場所からうんと離れた地点で満開になっているらしかったが、それでも嗅ぐ者を一瞬けだるくさせる芳香を忽然とテニスコートの中に湧きたたせてくるのである。

思えばこの表現も大胆なものであろう。一文目が、「木犀の匂いの中にいた」であることは、主語も抜いて、匂いに焦点を当てる意図が強く感じられるからである。そこには、匂いの持つ、連想や回想の機能が関わっているようである。同じ章には、次のような表現も見られる。

木犀の香りを鼻孔に含み入れるたびに、燎平の心には夏子の微笑やら姿態やらが浮かんできた。すると必ずいつの日か、夏子が自分の中に入ってくるような気がして幸福になるのである。

また、この文章のすぐ後には、次のような表現も見られる。

燎平は、シングルスの試合をするのが好きだった。試合のときだけ使わせてくれる新品のボールを鼻先に当ててその軽い揮発性の匂いを嗅ぐと、闘志が湧いた。

さらに、同じ章の後の方には、踏み込んだ表現が見られる。

阪神電車で梅田駅まで出て、阪急の神戸線に乗り換えた。六甲駅までの時間が、ひどくまどろこしかった。電車の窓から、蒸した風が木犀の匂いと混ざり合って入ってきていた。木犀の花が、あたりを蒸しているような気もしたし、実際に気圧が下がって、雨が近づいてきているような気もした。夏子も、体のどこかに、木犀に似た濃密な匂いを秘めていはしまいかと思ったとき、燎平は突然、何も身につけていないすべすべした夏子を抱いている空想にのめり込んだ。

ことしの春、クリーニングに出して、そのまま洋服ダンスにしまってあったグレーの丸首のセーターを引っ張り出し、大慌てで着込んできたのだが、木犀の匂いとそのセーターのナフタリンの匂いとが一緒になって、燎平の心を絶えずけだるく刺激してくるのである。

このとおり、けだるさを含めた、うまく言葉にできない感覚が、匂いの表現によって、いわば代替されている。このような五感の感覚表現は、心理などを表現する代替効果が高いものと考えられる。

匂いばかりではない。初めて夏子の運転で、四人で六甲までドライブした際、燎平は、火照っているという夏子の頬を、ごく自然に両の掌で包む。また、夏子の父が死んだ時、呼び出されて会いに行った燎平は、夏子から頬にキスされる。その時も燎平は、「頬に生温かいものがよぎるのを感じた」と、温度で感じ取っている。ちなみにその帰りの最終電車は、「かすかにアルコールの匂いの漂う」電車と書かれている。

このような五感の表現に殊更に注目して読むと、青春期の形容しがたい不安定な感覚が、これら五感の感覚表現によって、読者に伝えられようとしていることが想像されてくる。

四、多様な読みの可能性

他にも、この小説には、多くの読みの切り口が可能である。例えば、佐野夏子の家の洋菓子に着目して、神戸という土地柄と結びつけた読みも可能であろう。「桃香園」の中華料理も出て来るが、これも神戸を作る一つの要素である。

さらに、なぜか賢島の「志摩プラザホテル」なるものが登場してくるので、伊勢志摩という土地柄の意味合いを探るのも有効かもしれない。しかもこの場面は、夏子に思いを寄せてきた燎平にとっては、悲劇のどん底ともいうべき場所である。燎平がここに向かう道程の描写は以下のとおり執拗すぎるほどである。

地下鉄の難波駅から近鉄電車の賢島行き特急に乗り換えた。難波から賢島までは二時間とちょっとだった。車窓から大阪の街が見えた。鶴橋や今里の、ごみごみとたてこんだ街並が過ぎると、やがて低い山々が線

路の両脇に見え始めた。宇治山田駅まで、ずっと単調な風景がつづいた。（略）鳥羽に近づくと左手に海が見え始めた。（略）

曲がりくねった線路と並ぶ格好で、国道百六十七号線がつづいていた。（略）鵜方を過ぎた途端、こんどは右手に入江が見え、そこに真珠を養殖するためのいかだが浮かんでいた。鵜方から賢島までは十分足らずで、車内放送の、間もなく終着駅の賢島に到着するとアナウンスが聞こえたとき、燎平の心臓は急に動悸が強くなり、体のあちこちがこわばってきた。

このとおり、沿線の実況は、燎平の心理状態に全く関係がないように描かれながら、やはり最後の一文から推察されるように、その背景に、これから恋人と一緒にいる夏子に会ってから展開されるであろう、実にドラマティックな場面のプロローグの役割を果たしていたこともわかるのである。

「志摩プラザホテル」についても、「リゾート・ホテルではあったが、いかにも一流ホテルらしい格式を持った建物だった」という表現から、読者はおそらく容易に、「志摩観光ホテル」を思い浮かべたものと考えられる。

ふたりはその扉からホテルの裏庭に出た。右に曲がりながら降りて行く石の階段があった。入江の波打ちぎわのところに、ホテル客のための桟橋が架けられてあった。そこは、英虞湾を形成している幾つもの入江の一角で、大阪の街中よりもうんと暖かい陽が差し、海鳥の鳴き声が潮風に混じって聞こえていた。（略）大王崎から御座に向かって伸びる半島の一角が、荒々しい熊野灘の黒潮をさえぎって、英虞湾の中は、そこだけ美しい沼みたいに静まっているのだった。

この場面も、読みようによれば、燎平の心理を譬喩しているとも言えよう。地名は、場所を示すのみならず、もう一つ別次元の意味合いを含み持たされることは、よくある表現手法である。

さて、これら作者の工夫については、それが小説全体にとって、如何に効果的であるかどうかの検証がなされた後には、それらの切り口自体が、この小説の魅力の案内となるはずである。

しかしながら、これらの要素がいきなり作品の構造の中心を形成するとも思えない。

「青が散る」は、一見単純とも見える四年間の大学生活という枠組の中で、しかもさほど回想や予想など行ったり来たりするようなことのない、自然な時間の流れを設定し、その四年間という限定された時間の中に、誰もがその時代を経験したことのある「青春」なるものを描き込むという、大まかな構造を持っている。このような小説を構想することは、考えようによっては、実に大胆な試みである。二〇歳前後の恋愛感情や失恋、歌手になるなどの将来に関わる夢やその挫折などは、普遍的なテーマであり、これも目新しいものではない。また、作中のテニスに代表されるような、大学生活におけるクラブ活動もまた、多くの卒業生たちが自らの大学生活を振り返って第一に思い浮かべるものであろう。これらの、いわばありふれた材料を、大学近辺の大阪周辺に舞台も限って描いたこの小説は、実に陳腐でセンチメンタルな小説に堕する危険性を持っていると考えられるからである。誰もがよく知っているはずの「青春」なるものは、しかし最も描きにくいものである。なぜなら、「青春」なるものは、多くの読者に共感共有されるはずの感覚や要素で成り立っているものではあろうが、それぞれの読者にとっては、環境や条件が違うために、自らの経験と全く同一化できるものでもないので、常に微妙にずれた感覚をもたらすものでもあると想像されるからである。

逆に言えば、読者の個別の「青春」体験とは別に描かれる、ある小説の「青春」なるものが、読者のものとは相違するものでありながら、読者の「青春」の何かを喚起するものであるならば、その小説は多くの読者に受け入れられるであろう。

そのために用いられた手法が、テニスの試合の駆け引きによる人物像の代替的描写や、読者の五感により作中世界の再現を促す描き込みなのではなかろうか。人間関係の危うさに代表される、うまく言葉にできない「青春」の空気を、テニスのゲーム展開というもう一つ別のドラマ設定と、五感の描写によって代替して読者に伝えようとしたのではなかろうか。

そして、洋菓子や神戸らしさ、賢島などの要素の一つ一つが、すべて、この目的達成を補完する要素として特定される時、小説の全体像の構成美が、改めて姿を現すものと考えられるのである。

第七章　「春の夢」

―東大阪・場末とホテル―

一、蜥蜴の譬喩するもの

「春の夢」が最初『文学界』（一九八二年一月〜一九八四年六月）に連載された際の題は、「棲息」というものであった。この題の方が、作中の重要な存在である、胴体に釘を打たれながらも生き続けるあの蜥蜴のイメージと、より強く響き合う。文藝春秋から一九八四年一二月に刊行された際、『春の夢』と改題された。ちなみに、この初刊本巻末にも、参考文献として、リチャード・ゴリス著『日本の爬虫類』（小学館、一九六六年）という本が掲げられている。

この小説は、井領哲之と大杉陽子の恋愛によって、筋が貫かれている。それを終始見守るのが、哲之によって「生きながら柱に釘づけにされてしまった蜥蜴」（「一」）である。想像するだけで気味悪い存在ではある。この蜥蜴の存在に代表されるとおり、この小説は、宮本輝の小説の中でも、とりわけ直接的に身体感覚に訴えかけてくる作品である。全面的に不快というわけではないが、読み進めるのに息苦しいような要素がいくつかある。

例えば、ヤクザの借金取りに追われ逃げ回っている哲之の状況も、作中に緊張感をもたらしている。二度にわたる、借金取りによる暴力の描写は、その一つのクライマックスである。また、哲之が取り憑かれている、陽子の浮気に対する嫉妬心もまた、作品に暗い影を落とし続けている。蜥蜴との共生、いつやってくるかわからない借金取り、そして陽子のかつての浮気に対する嫉妬心の心理次元での重なりは、それがずっと持続するという点で、哲之の気分、ひいては、この作品の色合いを作り上げている。これらが、読書の心地よい進行を妨げるようなのである。

この感覚的な嫌悪感について、やや気が重い作業ではあるが、敢えて五感を駆使して読み取っていきたい。

まず、問題の蜥蜴との遭遇の場面は、以下のように書かれている。陽子からもらった白い帽子をかけようとして、哲之はそれを初めて見る。

その瞬間、彼は、びっくりしてあとずさりした。一匹の小さな蜥蜴が柱にへばりついていたのである。しばらく立ちつくしていたが、哲之は恐る恐る柱に近づき、目を凝らして蜥蜴を見た。そして、わっと悲鳴に近い叫び声をあげて、うしろの壁ぎわまで下がった。蜥蜴は、きのうの夕刻、哲之が暗がりの中で手さぐりで打った長い釘で胴体の真ん中を貫かれていたのだった。哲之がもう一度近づくと、蜥蜴は手足やしっぽを動かしてもがいた。哲之はそのまま坐り込んで、生きながら柱に釘づけにされてしまった蜥蜴を長いこと見つめていた。

これは、言語芸術ながら、視覚重視の表現である。先ず哲之は、それを見つめることから始める。「二」の冒頭にもさらに詳しい描写が続いている。

蜥蜴は頭のほうを上にして、柱の真ん中にやや斜めになった格好で打ちつけられていた。釘は確か五センチほどの長さだったから、蜥蜴の体を貫いて、そこからまだ三センチくらい柱の中に入っているだろう。哲之はそう考えながら、釘抜きをどの角度からこの可哀そうな生き物に近づけようか思案していた。

哲之は、よく死ななかったものだと思い、あるいは釘を抜いたら、蜥蜴の腹に丸い穴があいて、そこから内臓がこぼれだし、それがいまかろうじて生きている蜥蜴にとどめの痛苦を与えることになるやもしれぬと、まだ茫然としたままの心の内で思い巡らせた。

そして、偶然刺さった釘を抜くか抜かないかの葛藤が作品の終わりまで続くのである。

この挿話については、宮本輝が「蜥蜴」（『潮』一九七七年一〇月）というエッセイにおいても書いているので、どうやら実体験をモデルとするもののようである。

引っ越しの準備のため、私は壁にとりつけた三段の棚を外した。粗末な木の棚である。積んである物を降ろし、一番上の棚を外して、さて真ん中のを取り外す段になり、私はふと棚の端に目をやった。その瞬間、私の体が鳥肌立った。棚と壁のあいだに、一匹の蜥蜴が斜めになって挟まっている。蜥蜴の体は、壁と棚に打ち込んだ太い釘によって貫かれていた。しかも、蜥蜴は生きていた。

この現実の蜥蜴も、三年間も生きていたとのことで、その後、釘を抜くと苦しみながらも、草叢に去っていったとのことである。

この事実を念頭に置いた上でも、やはり、作中に描かれた、釘で自由を奪われた蜥蜴の姿は何かを象徴しているものと捉えるのが、小説の読み方としては常套と思われる。それが、先にも書いた、哲之の、父が残した借金の返済から解放されない息苦しさと、陽子を愛しながら、繰り返し思い出してしまう、その過去への嫉妬心と見て取ることは容易であろう。もう一つ、実に即物的な例もある。この小説に珍しく多く登場する、性の描写のフロイト的象徴である。

二、大東市と中之島、梅田界隈

この小説の舞台は、宮本輝作品によく見られる梅田界隈の他に、哲之の住居として、これは珍しく、大東市に設定されている。また、彼がアルバイトをしているホテルがある中之島も重要であろう。これら作品の舞台となったそれぞれの土地について、まず詳しく見ておきたい。

この作品の作中時間は、いつなのであろうか。作品が発表されたのが一九八二年から一九八四年にかけてであるので、この時代と考えるのが通常であろうが、もう一つの可能性として、哲之の体験が、やや過去のことのように想起的に書かれているようにも思われるので、間接的なモデルと考えられる作者が、就職活動をしている大学四年生の頃、すなわち、一九七〇年前後とも考えられる。ざっくり、一九七〇年から一九八〇年に至る時代として、これからその場所を追っていきたい。

冒頭にもあるように、哲之は、借金取りの手から逃れるために、「大阪の福島区から、この大東市のはずれのアパート」に引っ越してくる。そこは、生駒山の麓である。その際、母は、「キタ新地の〈結城〉という料理屋に住み込みで働くこと」になった。「結城」は、「本通りに入ってすぐ」にあるとも書かれている。また母は、「バスで浄正橋まで」出て、そこにある古い銭湯に通っている。一方、陽子は、「武庫之荘」に住んでいる。女子大学生は阪急沿線の阪神間に住み、男子大学生は、阪神沿線か、下町に住んでいるという組み合わせは、「青が散る」とも共通して、宮本輝の作品世界の一つの特徴である。

このアパートで、初めて体の関係を持った哲之と陽子は、次のような経路で、陽子を送る道筋を通る。

> 食事をすませると、ふたりはアパートを出た。駅までの長い道を歩き、片町線の古ぼけた電車に乗って京橋まで出て、そこで大阪行きの環状線に乗った。大阪駅に着くと、駅の横のホテルのコーヒーショップに入った。（略）
>
> 哲之と陽子はコーヒーショップを出て、阪急電車の改札口へのエスカレーターに乗った。三宮行きの普通が出るところだった。

実に簡潔ながら丁寧な説明である。ちなみにこのコーヒーショップのあるホテルは、新阪急ホテルと思われる。その後、哲之は一人でアパートに帰っていく。

哲之はコップの酒を飲み干して金を払い、また切符を買って環状線のホームを歩いて片町線のホームへの階段を降りた。五分ほどして電車がやって来た。電車は京橋、鴫野、放出、徳庵、鴻池新田、そして哲之の降りる住道と停まって、さらに奈良と大阪の境あたりまで行くのである。大阪で生まれ育った哲之は、京橋から向こうにこんな変わった駅名のつづく線が伸びていることをつい最近まで知らなかった。（略）住道駅までは三十分近くかかった。

これも、かなり丁寧である。片町線の駅名を一つ一つ書くこともそうであるが、乗換駅である京橋の駅の構造を書く執拗さにも着目される。やはり作者にとって、この土地の空気を読者に伝えることが、とにかく重要なことであったことが窺える。電車ではなく、タクシーでの道筋まで書かれている。

もうそろそろ生駒山の麓に近くなってきたのではなかろうかと思ったころ、道の左側に〈住道駅〉と書かれた表示板と矢印が目に入った。そこからしばらく走ったところに右に折れる道があった。多分このあたりだろうと見当をつけて、哲之は運転手に曲がってくれるよう言った。

これほども丁寧な描写がなぜ必要なのかについて想像を巡らす時、舞台が大阪の中でどの辺りに位置するのかが、作者にとって重要な要素であったことが想定される。

後に哲之は、陽子の烈しい愛撫を思い、心の中に、なぜか、「大阪駅からアパートまでの長い道のりの風景」

を思い浮かべている。それは以下のとおり、実に感覚的なものである。

明るい煉瓦色の、混み合った電車で京橋へ。その京橋駅の唾や痰や嘔吐物や、煙草の吸い殻や泥や埃の混じり合った厚い膜のようなホームから階段を下って片町線のホームへ。使い古されてローカル線にまわされた金気臭い電車の窓から見えるドブ川や工場。クレーンの音。ドブにひろがる油膜とメタンガス。何度降り立っても、知らない町に辿り着いたような気分にさせる住道駅の、ついたり消えたりする汚れた蛍光灯。いなかのチンピラのたむろする商店街にいつも漂っている大蒜の匂い。いつも誰かがくだをまいている酒屋の立ち呑み処。おもちゃ屋。皮膚病にかかった野良犬の群れ。踏切。銭湯の煙突。寒い、暑い、一本道。同じ形をした分譲住宅の物干し台でたなびく洗濯物。鉄の階段。そして、自分の部屋。キンの待つ自分の部屋。哲之は陽子にしがみついた。

なぜこのような幸福の絶頂で、このような場面を思い浮かべるのか。そこには、視覚はもちろん、嗅覚や味覚に関わる要素、さらには、触感的な要素も確かに描かれている。陽子との関係が、全感覚的な風景で置き換えられて映し出されているとも言えよう。そこには、内容の共通性による譬喩ではなく、別の共通性が示唆されている。

哲之の働くホテルについては、次章で詳しく述べるが、ホテルを出てから「大阪駅への道を、雑踏にもまれながら、とぼとぼと歩いた」という表現が見られるので、大阪駅からさほど遠くない場所にあると考えられる。この大阪駅についても、「コインロッカーが並び、鉄道公安官の詰所と旅行代理店の出張所が隣接している暗い駅の構内のはずれに、五十台近い赤電話が設置された場所があった」という的確な表現と、「巨大な駅の中で、最も騒然とした、最も孤独な場所」という評言によって、丁寧に描き取られている。ここには、駅の持つ二面性、すなわち、人が集まる場所でありながら、個々人にとっては、別れの場であったり、実に寂しく感じてしまう場所であったりする二面性が、実に上手く捉えられている。

また、中沢という友人の住む、中沢第二ビルは、本町にある。彼の実家は松屋町にある中沢第一ビルであるが、中沢雅見だけが、この「ビジネス街のど真ん中」に住んでいる。ここへの道筋も「三」の冒頭に実に丁寧に描写されている。

地下鉄の改札口を出て、地上からの空気が烈しい勢いで吹き降りてくる誰もいない階段を、肩を落として緩慢にのぼって行くと、井領哲之は夜更けの御堂筋を南に向かって歩いた。外資系会社の巨大なビルの角を東に曲がってまっすぐ進んだ。

これらには、大阪の雰囲気が漂っている。ちなみに、中沢ビルの管理人に、馬券を買ってくれと頼まれたとの記述の場面に、「阪急電車の梅田駅から大学のあるS市に行く」と、哲之の通う大学が示唆されている。阪急沿線のS市と言えば吹田市か摂津市であるが、後に、哲之のことであるが、「彼は正門のほうを振り返り、一番近くにある工学部の校舎に目をやった」とも書かれているので、まず、吹田市にある関西大学か大阪大学のいずれかと考えられる。大阪大学の工学部が吹田キャンパスに移転したのは一九七〇年のことであり、正門に近いのは関西大学の方である。

大阪の土地の空気は、宮本輝作品においては、共通性と個別性の両面から描かれる。大阪駅や梅田近辺はいわゆる共通認識の確認のために描かれるような場所である。これに対し、例えば「泥の河」の川口近辺、「道頓堀川」の宗右衛門町、「青が散る」の茨木、「骸骨ビルの庭」の十三、そしてこの小説の住道などは、その個性が強調されて描かれる場所と見える。前者のようなよく知られた場所と、後者のような都会にあってややローカル色の強い場所の双方によって、大阪が立体的に描かれているわけである。

三、大阪のホテル

ところで、哲之が働いているホテルには、どこかモデルがあるのであろうか。

哲之が、梅田にある大きなホテルの事務所に着いたのは、指定された午後五時きっかりだった。（略）幾つかのチェーン店を持つこのホテルは、二年前に古い建物をこわして、豪華な二十四階建てに改築したのだが、（略）

磯貝は哲之をともなって、エレベーターで二階にあがった。二階は宴会場だった。（略）三階も宴会場で、四階は会議用の大きな部屋が並んでいた。五階から二十三階までが客室、そして二十四階にグリルと中華料理店があった。（略）

仮眠室は、三階の〈孔雀の間〉という、このホテルでもっとも大きな宴会場の横にある従業員用の通路の突き当たりにあった。（略）

ホテルの地下には、舶来品専門の高級店が五軒あった。（略）

「凄い。ふたり合わせて四万円か。なァ、あした大阪に出て来たら、ホテルのグリルで松阪牛のステーキを食べよう。上等のワインも註文して……」（略）

ホテルは大阪が本店だったが、それぞれその地名を冠したチェーン店を、京都、奈良、岡山、博多と、さらに二カ所のリゾート地に持っていた。その中で、博多は最も規模が小さく、思い切って大改築をするか、それとも閉店してしまうかを早急に決定しなければならず、どうやら閉店の線が濃厚だと噂されていたのだった。

もちろん、小説は虚構なので、これらの記述どおりのホテルがあるとは限らない。むしろ、小説のために作られたものであることの方が当然であろう。しかし、これだけ詳しく書かれていることからは、いくつかのモデルの存在も推定される。

ブルーガイドパック編集部編『ブルーガイドパック27大阪・神戸』のその昭和五四年版、すなわち一九七九年に発行されたもの（実業之日本社、一九七九年、発行月記載なし）には、「大阪の宿」について、以下のような記述が見える。

大阪のホテル……伝統のあった新大阪ホテルが姿を消して、いまトップレベルのホテルはロイヤルホテル、ホテルプラザ、大阪グランドホテルの三つ。ロイヤルとプラザは不便な場所でタクシーが必要。大阪グランドホテルは、フェスティバルホールと同じ建物だけに、音楽会の時などには便利だ。ホテル特有のデラックスムードと比較的安い料金をかねそなえたホテルが東洋ホテル、新阪急ホテル、ホテル阪神、大阪コクサイホテル、千里阪急ホテル、梅田ＯＳホテルだ。

交通の便利なのは大阪第一ホテル、新阪急、阪神で、いずれも大阪駅から歩いて2〜3分。

以上のホテルが当時の大阪の代表的なホテルらしい。しかし、先に見た作中の描写の条件をことごとく満たすホテルは見当たらない。これらのいくつかのイメージを合成したものと思われる。

高さのイメージからは、やはり一九六九年創業の二三階建てのホテルプラザが思い浮かぶが、大阪駅からはやや遠いのと、ホテル・チェーンの条件が異なる。次にロイヤルホテルが思い浮かぶ。一九七三年には、現在のタワーウイングである、三〇階建ての新館がオープンしている。ただしこれも、高さが大きく異なる。

物語の中で最も劇的な場面の一つは、「哲之の勤めるホテルの商売仇である最近オープンしたばかりの高層ホテルの前まで行き」、ここのロビーで、哲之が、陽子とともに、陽子に結婚を申し込んだ男と対面する場面であろう。男の事務所は、「桜橋」にあるとされる。「あの信号の角に新聞社のビルがあるでしょう。その隣の大木田ビルの三階の、一番手前の部屋」と陽子は話している。その場所は、大阪駅桜橋口近くと考えられる。おそらく、当時オープンした高層ホテルとなると、このホテルは、この辺りでは、一九七六年竣工の大阪マルビルの大阪第一ホテルあたりが比定されるのではないか。この建物も地上三〇階建てである。

ところで、第六章でも触れたが、「青が散る」には、ロイヤルホテルが出てくる場面がある。燎平が、「やくざの女房に恋をして、その女と堂島のホテルに逃げ込んだガリバーを救けるべく、こわごわ単身でホテルにおもむいた」場面である。

「パレス・ロイヤルを知ってるか。堂島の近くにあるホテルや」

燎平の家から自転車で十五分ほどのところにある高級ホテルであった。

「その紙に書いてあるのが部屋の番号や。燎平、いまから行って連れ戻してやってくれ」（略）

燎平はタクシーに乗ると、夜になっていっそう強く降りだした雨を見つめた。十五分でパレス・ロイヤルの玄関に着いた。（略）大きな回転扉を押してロビーに入ると、ちょうど何かのパーティーが終わったあとらしく、大勢の人間でごったがえしていた。（略）

表に出ると、タクシーを待つ長い列が出来ていた。ふたりはどしゃ降りの雨の中を堂島大橋に向かって駈けた。橋を渡り、そのまま真っ直ぐに福島のほうに走った。

この表現を見ると、「パレス・ロイヤル」という名前といい、堂島大橋を渡っていることといい、ロイヤルホテルにほぼ間違いなかろう。これに比べると、「春の夢」のホテルの方が、いかにも虚構度が高いことが窺える。これについては、おそらく、作品のシークエンスの一つである、ホテルの内紛という物語を描くために、敢えてそうしたことが考えられる。

『大阪讃歌』（ロイヤルホテル、一九七三年九月）という書がある。「ロイヤルホテル新館完成記念出版」として、各界の著名人の随筆を集めたものである。ここに収められた、前大阪大学学長の赤堀四郎の「たみの橋界隈と山本為三郎さん」という文章には、以下のような記述が見える。

ロイヤルホテルは昭和三十八年に今の場所につくられた。殺風景な倉庫地帯に屋内に緑と水のある素晴らしいホテルが出来たのでびっくりした。山本さんはロイヤルホテルをこよなく愛しておられたし、また、御自慢でもあったと思われる。

ここに書かれた山本為三郎が、新大阪ホテルと、大阪ロイヤルホテルを設立した実業家である。

四、嫉妬と性

先にも触れたが、この小説は、宮本輝作品にはむしろ珍しく、性的な場面が多く書かれている。また、それに伴う、嫉妬心についても、執拗に書かれている。陽子に何か変化が起こったことを感じ取った哲之が、陽子の家まで、まだ帰らない陽子に逢いに出かける場面から、それは確信に変わる。

哲之は、陽子がタクシーを降りて小走りで家に近づいて来たときの身のこなしや、自分に気づいた瞬間の表情で、予想がまず間違いないものであることを悟ったのだった。

「いつまでも隠してても、しょうがないやろ？　どっちみち、結論を出さんとあかんねんから」（略）

「私、嘘はつかれへん。もう逢えへん言うて、嘘をついて、その人に逢うのはいややもん。そやから正直に言うたのよ。しばらく私の好きなようにさせて欲しいの」（略）

「俺を好きやろ？」

陽子は大きく頷いた。

「その人も好きなんか？」

こんどは小さく頷いて、陽子は、

「自分でも、自分の気持がわからへん」

とつぶやいた。（略）

「その人とは、どのへんまで行ってるの？」

陽子は顔をあげ、

「映画を観たり、食事をしただけよ」

と言って、哲之を見つめた。哲之には信じることは出来なかった。彼はブランコから立ちあがり、ラブホテルを指差して、

「いまから、俺とあそこへ行けるか？」

と訊いた。陽子は首を縦に振って立ちあがった。（略）アパートの哲之の部屋でふるまうのと同じ体の動きであり、反応であった。そして同じ歓びの声をいつもより少し抑えぎみに洩らして、哲之にしがみついた。（略）哲之はもう一度、その人ともう逢わないでくれと言った。陽子は自分の体を完全に哲之のものにさせ

たまま、

「私、その人とも、逢いたい」

と言った。哲之の心に、戦慄に似たものが走った。叫び声をあげそうになったが、かろうじて押しとどめ、陽子から体を離して、さっさと身支度を整えた。


ここには、男女のすれ違いが、正確に書き写されている。

その後、哲之は、アルバイトを休み続け、生活費が底をつく。中沢に金を借りようとして、親鸞を巡って喧嘩してしまい、ずぶ濡れになって陽子に逢う。その場面でも、「その人には、もう何遍触らせたんや」と問い詰める。陽子は、「あの人とは、あれから一回逢うたきりで、もう二週間以上逢うてないわ」と答える。そのあとすぐに、先にも述べた、その男、石浜徳郎との劇的な邂逅が描かれるわけであるが、その場面で哲之は、以下のような言葉を男に投げる。


「ぼくと陽子とは、だいぶ前から体の関係が出来ています。きょうも石浜さんと逢う直前まで、このホテルの六階の部屋でお互い裸になってベッドの中にいました。そうやって石浜さんがやって来るのを待ってたんです。ぼくは陽子を抱きながら、石浜という男が、いま意気揚々とホテルに向かって歩いて来てる姿を想像してほくそ笑んでいました。それでも構わない、陽子を妻にしてアメリカに行こうという男なら、ぼくは笑ってやるつもりです。男はそんなに大きくなれるはずがない。そんな男は馬鹿か腑抜けに決まってます。ぼくは陽子を他の男に奪われるけど、結局ぼくが勝つわけです。ぼくはその馬鹿で腑抜けな男のことを忘れませんし、その男も、ぼくの言葉を忘れないでしょう。いまどんなに寛大になれても、自分がおそらく十中八九勝つことを確信して歩いていた最中に、妻は井領という男と寝てたんだという思いが消えるはずはありません。石浜さん、それでも陽子をアメリカにつれて行くと言うんなら、ぼくはいますぐふたりの前から姿を消します。二度と陽子の前にあらわれたりしません。どうですが、石浜さんの知性は、ぼくの卑劣さをねじ伏せられますか。そんな陽子をあとになってねちねちといじめたりしませんか」

この、最後の賭けとも言うべき台詞を、哲之はここでは蕩々と話しているが、この言葉は、特に最後の言葉などに典型的であるように、実は両刃の剣である。なぜなら、自分に返ってくる可能性があるからである。事実、この後、石浜は陽子に答えを訊き、「私、やっぱり哲之が好きです」という返事を聞いて、「失望とも安堵ともつかぬ溜息」を洩らして、引き下がることになるが、哲之の方は、後々まで、陽子と石浜の関係に悩まされ続けることになる。哲之は、陽子を取り戻すことができたが、これについて、「歓びの底にある、小さいけれど深い傷口から、血が流れ出ているのを感じた」という表現が用意されている。

さらには、卒業論文のための資料を見つめながら、哲之がこのようなことを考える場面も描かれる。

すると、自分以外の男の存在を陽子の口から聞いた夜の情景が甦った。ついいましがたまで石浜という建築デザイナーと逢っていた陽子が、口ごもりながら言った言葉を、哲之は忘れていなかった。――もし、哲之と結婚せえへんのやったら、その人と結婚したいなァと思う――。さらには、哲之の心の中に、どうしても消えない疑念がずっとくすぶりつづけていた。陽子は否定したが、本当はあの石浜という男と体の関係を持っていたのではないかと。

それは、あれ以後陽子と逢瀬を重ね、以前に倍する愛情と、もはや決して破れることはないであろう約束とを確かめ合っている最中でさえ、哲之の中からふっと湧いて出、過ぎ去った出来事であるにもかかわらず、いやしがたい嫉妬をもたらすのであった。（略）

懐が狭いと自分の口から言っておきながらも、陽子がたとえいっときにせよ他の男に心を移した事実を思うと、哲之は理性を喪って心の傷痕に操られ、石浜と抱擁し合っている陽子の裸体を想像するのだった。

「俺は男やから、自分以外の男の、こと女に関する心はわかるんや。紳士ぶってたけど、あの石浜が、気持の傾きかけてる陽子に指一本触れなんだなんて信じられるか。陽子は口が裂けても喋らんやろけどな」

さらには、直接説明を求めることもする。

「あの夏の何週間かに起こったこと、全部、俺に説明してくれ」

と迫った。

「石浜とは何回逢うた？」

「二回か三回」

「たったの？」

陽子は頷いた。

「ほんまに、あいつとは何もなかったんやな？」（略）

「なかった！」（略）

「結婚してからも、何遍も責められそうな気がするわ」

この陽子の予感どおり、哲之の心から、この嫉妬心が無くなることは一生ないものと思われる。ここには、男女の決定的な心理の差が描かれているように思える。哲之は、陽子を愛していることは間違いないが、それは、いわゆる精神的なものではない。かといって、肉体的な欲望だけというわけでもないが、陽子は常に、実に肉感的に哲之に思い描かれているのである。陽子とは理性より、五感の感覚で感じ取る相手のようなのである。このことは、ただ欲情に身を任せ、陽子との体の関係が要因で離れられないという単純なものでもない。もっと根源的なもの、すなわち、人間同士のつきあいは、やはりこのような肉感的なものであり、理性で割り切ることができないことが主張されているようなのである。

陽子への見せしめのように、百合子と浮気しようとしている際にも、以下のような思いに囚われている。

哲之は、石浜に浴びせた自分の言葉と、その際の石浜の表情を繰り返し繰り返し、思い浮かべていた。――ぼくは陽子を抱きながら、石浜という男が、いま意気揚々とホテルに向かって歩いて来てる姿を想像してほくそ笑んでました――。だが、そんな自分の言葉を聞きながら、石浜もまた心の中でほくそ笑んでいたことだろう。ふん、この馬鹿野郎。俺ももう充分陽子の体を楽しませてもらったよ、と。それは実際に、ひとりの人間の肉声として哲之の鼓膜を震わせるかのような現実味を帯びていたので、彼は何度か百合子とすれちがったが見向きもしなかった。

この、業病とでも喩えるべき、一生已むことのない嫉妬の苦しみの中で、陽子との関係を続けていくことを選び、それを幸せなものとしていこうとする哲之は、大きな自己矛盾の中にいることは明らかなのであるが、この自己矛盾こそ、生きることであるという物語の枠取りをするならば、哲之がこのようにしか生きていくことができないのもまた事実なのである。別れるという選択肢は、例えその方が幸せでも、物語の構造上、与えられることはない。

最後に、哲之をここまで夢中にさせる陽子の魅力について考えておきたい。「三年前、大学の構内で初めて陽子を見たとき」の陽子は、新入生で、哲之は二回生であった。哲之は、次のように見ている。

とびぬけて美しいという娘ではなかったが、表情に、どんな娘にも見られない独特のふくよかさがあった。満ち溢れている清潔感とひかえめなのびやかさが、哲之の目をいつまでも陽子に注がせた。（略）
ふたりとも初めてだったから、ぎごちなくて、うまくいかなかった。（略）
哲之はもう一度、陽子の体をひらかせた。そして、春の光に照らされている陽子を見おろし、陽子は何と美しい娘だろうと思った。

場面があまり適当でないかもしれないが、それまではそれほど美人でもないと見ていたものが、初めて一緒になったとき、「何と美しい」という表現に変わっている。この小説は、この二人の性愛に頁を多く割いているが、そこにも何らかの意図があると思われる。少なくともそれは、陽子の人物造型と深く関わっているはずである。後にも次のような場面が見られる。

哲之は陽子の朝の匂いが好きだった。寝ているあいだに滲み出て来て陽子を覆い尽くし、オーデコロンや口紅やらの人工の匂いなど弾き飛ばしてしまう体臭は、ときに木犀の花の香りであったり、陽光を吸った藁のそれであったり、女の肉体そのものの匂いであったりした。

陽子は、このような、五感によって感じ取られる存在であった。それは、裏返せば、理屈では理解しがたい存在ということになる。この小説は、決して哲之と陽子の幸福な恋愛物語などではなく、男と女のわかりあえなさと、それでも惹かれ合う、論理を超えた関係を描こうとしたものと考えられるのである。
このような、男女の恋愛の逆説的な描き方こそ、この小説の最大の特徴とすべきであろう。日本の恋愛小説の多くが、男女の精神的な繋がりと断裂を主題に選びがちであることに対して、別の視点を持ち込むために、この小説において、性愛が殊更に描かれ、それを円滑に進めるために、息苦しさや、五感の表現が積み重ねられてきたのであろう。思えば実に周到な準備と言えよう。

第八章　「ドナウの旅人」

―ドナウ川・旅の風景―

一、熟年離婚、年の差カップル、国際結婚と金融サスペンスの小説作法

この小説は、いきなり、日野麻沙子の五〇歳になる母絹子が、父修三との離婚を期してドナウ川を辿る旅がしたいとヨーロッパに旅行に出かけ、これを麻沙子が追いかけるという劇的な設定から始まる。後に明らかになるが、母はこの時一人旅ではなく、一七歳年下の長瀬道雄という男が同行していた。さらに、母を追いかけてヨーロッパに出向いた麻沙子も、かつてドイツに暮らしていた頃のシギィことジークフリート・バスという恋人とのことが忘れられず、再会の後、結婚することを決意する。実に大きな距離感の下に展開される、世界的な男女の物語である。

この小説は、一九八三年一一月一五日から一九八五年五月二八日にかけて『朝日新聞』に連載された、宮本輝の初の新聞連載小説である。一四〇〇枚を超える長編で、一九八五年六月に、朝日新聞社から上下二巻で刊行されたものを見ても、宮本輝の他の長編小説より長いことが明らかにわかる分厚さである。

ところで、ここに扱われるいわゆる熟年離婚は、厚生労働省の公式サイト（https://www.mhlw.go.jp/）の「離婚の年次推移」によると、この小説が書かれた一九八〇年代初頭から一九九〇年代半ばにかけてやや急激に増加している。熟年離婚とは、二〇年以上同居している夫婦の離婚のことを指すのが正確な定義とのことであるが、その数は同じ厚生労働省の公式サイトの「同居期間別にみた離婚」によると、一九七五年に六八一〇件であったものが、一九九八年には、三九六一四件にまで膨れ上がっている。まず熟年離婚の問題は、同時代の問題を取り込んだものと推測できる。

次に、国際結婚についてであるが、これも厚生労働省の「人口動態統計」によると、統計が出されるようになった一九六五年には四一五六組であったものが、二〇〇七年には、四〇二七二組と、約一〇倍に増えている。特

に一九八五年から一九九〇年にかけては、一二一八一組から二五六二六組と、急激に二倍に増えている。一九六五年以降の増加の原因としては、高度経済成長による経済発展が、日本人を海外に引っ張り出したことがまず想定される。また国内においても、一九六四年の東京オリンピックと一九七〇年の大阪万国博覧会の開催に象徴されるように、日本を訪れる人が増える機会もたくさん用意された。これを運ぶ新幹線も開通して、国内での移動も楽になり、海外からの観光客を受け入れる体制が整った。また日本人も、一九六四年の海外観光旅行の自由化により、海外渡航者が増え、加えてバブル経済期の経済力がこれを後押しした。一九四九年には一ドル三六〇円であった為替が、一九七八年四月には変動相場制に移行し、円高が進み、海外でもお金を使いやすくなったことも大きな影響を与えたものと考えられる。要するに、この時期は、日本の国際化が形の上で進んだ時期で、これを受けて、国際結婚も増え、国際問題も身近になったと考えられるのである。大学のキャンパスや、神戸などの都市を除き、日本のあちこちで外国人の姿が普通に見られるようになったのは、一九八〇年頃からではなかっただろうか。

一九八三年から連載が始まったこの作品の中でも、麻沙子がベオグラードに向かう列車で一緒になった石井福子が次のように述べている。

「でも、国際結婚て、大変でございますわよ。わたくしも何組かの例を知ってますけど、そりゃもう、いろんな問題があって……」

作者がこの時代にこの台詞をわざわざ挿入したことは意味深長である。

この小説には、これに加えて、もう一つ、やや特別な恋愛の形が書かれている。女性が一回り以上も年上である恋愛である。

年の差カップルの動向については、統計から判断するのは難しいと思われるが、女性が五〇歳という年齢にあって、性愛も含めて取り上げるのには、やはり勇気がいるものと想像される。その娘の恋愛まで同時に書かれたこの小説は、やはり稀な例に入るのではないか。

母を翻意させるべく、麻沙子が始めた旅は、再会したシギィと、絹子の恋人である道雄との、奇妙な四人のものとなり、また、麻沙子をシギィに再会させたくせに、麻沙子への微妙な恋愛感情も持つペーターという友人をも含め、四人ないし五人の、実に不安定なものとして、読者に伝えられる。

ところで、大岡昇平に「姦通小説の記号学」(『群像』一九八四年一月)という評論がある。ちょうどこの小説の連載中に発表されたものである。夏目漱石の小説について論じたもので、その多くが、「姦通小説」であるとしたもので、そこには、次のような文章が見られる。

初期作品のアーサー王伝説によった『薤露行』以来、彼の作品には姦通、もしくは一人の女をめぐる男の争い、いわゆる三角関係が多いのは、衆目の視るところです。もっとも姦通は西は『イーリヤス』、わが国では大海人皇子の「人妻ゆゑにわれ恋ひめやも」以来の永遠のテーマですが、明治政府の検閲は姦通に厳しかったのに、彼のように新聞という大衆的な枠内で、姦通小説を書いた男は珍らしい。明治三十六年頃、こっそり書いていた英詩にもそれがある。しかも、性的にはぶきっちょで、表現がまずいのだから妙なのです。その他、実生活ではあっさりしていたらしい徴候があります。あるいはそれだから姦通にこだわり続けたとも考えられるのですが。

講演記録であるので、後半は少し口が滑ったのかもしれないが、前半にあるとおり、漱石作品に姦通物が多いことは事実である。なぜ多いのか。そこにこの文章の「記号学」という言葉が関わる。要するに、小説を効果的に書くために、手段としてこのモチーフが選ばれたことが推測されるのである。大岡は次のようにも書く。

しかし姦通文学が実際に行なわれた姦通より多く書かれたのは、離婚小説が実際の数より多かったのと同じでした。そもそも恋愛小説は身分違いとか親の不同意とか、なにか障害がないとなり立たないのですが、相手に配偶者のあるのが一番の障害ですから、それだけに多く書かれたのです。

そしてこの「障害」が小説の筋の成立要因として重要というわけである。
大岡は他にも、以下のように「姦通」の小説における効用を書いた文章がある。

姦通は夫婦の性的関係を過度に意識させます。家庭を成立させているのは、性的なものだけではなく、制度、経済的要因があるから、倦怠期、惰性に移行しても、なんの不都合もありません。ところが、ここに危険な第三者が入って来ると、性的に昂進する。それまで何とも思わなかった、配偶者の仕草や言葉使いが気になり出す、など数知れないシーニュ＝記号が意味を持って来る。姦通小説だけでなく姦通自身が記号学的事件である。とタナー教授は言います。

この部分は、絹子や麻沙子の描写にものの見事に当てはまると言えよう。
ルネ・ジラールに「欲望の三角形」という概念がある。ジラールによると、主体・他者（主体から見た他者）・対象の三者が存在する場合、他者が対象を欲望すると、主体もそれに沿って同じく対象を欲望するという。もともと主体が対象を欲望していて、より刺戟を受けて、競争的に欲望するのではなく、欲望していなかったものであっても、他者の欲望を介して、初めて対象を欲望するというのである。これは、極端に言えば、人間には自発的な欲望がないということにもなりかねない。

では、食欲や性欲などはどうなるのか、という疑問が当然ながら浮かぶ。これらを、ジラールは、欲望と区別して本能的欲求と言い分けている。これらは、基本的に、それを満たす行為が済めば欲求は止まるが、欲望は自分のものではなく、他者のものであるので、他者が欲望を止めない限り、いつまでも止めることができないということになる。これはかなり厄介なことであろう。この三者の関係が、「欲望の三角形」である。

大岡とジラールの理論から、小説に三角関係を書くことの効果は明らかである。おそらくそのために、古今東西、三角関係の小説が書き連ねられてきている。

その多くは、一つの三角関係を深くなぞるもののようである。これらは小説の常套の手法であるが、これらをさらに複雑に絡み合わせ、編み上げられたのがこの「ドナウの旅人」ととりあえずは言えよう。三角形がいわば人物関係の立体を作り上げていく。

物語の展開において、長瀬がいわゆる「サラ金業者」で、銀行と奇妙な共犯関係を持ちながら裏切られ、結果、四億六千万円もの借金を抱えたためにヨーロッパに高飛びし、どこかで死のうとしている男であることが次第に明らかにされ、これを追う尾田という正体不明の男まで配されて、一方で金融サスペンスの様相を見せる。複雑な恋愛関係の中、やや様子の異なる、推理小説めいた設定、探偵小説のような登場人物が、この小説に別の楽しみ方を持ち込む。読者は、長瀬をめぐる謎を解くべく、いわば犯人捜しを行う立場にも立たされる。やがて尾田の正体も明らかにされるが、長瀬が復活できるかどうかはわからないまま、物語は閉じられている。その意味では、推理小説としては未完成で、読者に多少の欲求不満をもたらすかもしれない。しかし、それを償って余りある結末が用意される。絹子の脳卒中による死である。

この結末の章に用意された旅の終わりは、登場人物以上に読者にとっても衝撃的であろう。読者はあまりに早いその展開に取り残されたような感を抱くかもしれないが、この大きな物語を閉じるには、これくらいの大きな衝撃が必要なのかもしれない。

新潮文庫版『ドナウの旅人』上・下（新潮社、一九八八年六月）の「解説」において、赤松大麓も、ざっと筋を紹介した後、次のように書いている。

以上の筋立てや人物の設定だけ見ても、この小説がいかに大胆な構想をもち、難しい主題を追求しているかが分かるだろう。或いは長い恋の旅路の果てに、物語をうまく収拾できるかどうか、危惧する向きさえあるかも知れない。しかし、さまざまな事件に巻きこまれ幾多の障害に当面しながら、彼らが次第に謎を解明し、愛を昇華させていく展開は非常に見事で、物語作家としての宮本氏の力量が遺憾なく発揮されている。

まずもって、こうとしか評し得ないのかもしれない。長篇小説の魅力の第一は、その雄大な構想にあると想像されるが、そこには常に、収斂させる物語展開の技術の上手さが見越されている。それは、長篇小説を書く作家に試される指標の代表的なものであろう。

二、紀行文あるいは案内記としての小説

日本から遠い場所を舞台とするこの小説の最大の魅力は、やはりドナウ川に沿った街々の魅力と、旅の醍醐味であるホテルやレストランの描写にあるものと考えられる。この小説は、紀行文や案内記の魅力を併せ持つものと言えるかもしれない。特にドナウ川沿いの旅は、当時はもちろん、今でもさほど多くの日本人は訪れないやや珍しいコースであろうがために、旅行案内記として、この広い世界を旅する代わりに、机上で訪れる楽しみを読者にもたらしてくれる。

麻沙子はまずフランクフルト空港に降り立ち、かつての上司である八木俊介とその妻の智子に迎えられる。俊介はアウトバーンを走るが、「それほどスピードを出さなかったが、それでも速度計は二百二十キロを示して」いる。イーゼンブルクという地区の、ホテル・グラーフェンブルッフに車は向かうが、そこに母が少し前に泊まったことがわかったからであった。ここから物語は、母探しの探偵小説めいた展開を示す。このホテルは「フランクフルトじゃあ最高級のホテル」で、「クラシック調の真新しいホテル」と書かれているが、ここに泊まった宿泊カードから、母が一人旅ではなく、ナガセ・ミチオという男と同行していることを知り、麻沙子は衝撃を受ける。ここから物語は、さらに不思議な謎を読者に投げかける、やや推理小説めいたものともなる。

麻沙子は、かつてフランクフルトに住んでいたことがあり、「街の中心部から少し北西に行ったところにあるディットマー通りの、小さな家の二階に下宿」していた。三人はかつての行きつけの、ツゥム・ユンゲン通りのダ・クラウディオというイタリー料理店で食事をすることにする。コック長は麻沙子を覚えていて、赤い薔薇を捧げてくれるほどである。また、「通りの入口にあるティーネ・ベッカーマンの営むパン屋」でパンを買うのがかつての日課であったが、この店のマダムの息子であったカールが、今は先に見たホテル・グラーフェンブルッフのホテルマンになっていて、麻沙子に声をかけてくる。このことからもわかるように、フランクフルトは、麻沙子にとって実に馴染み深い街である。ダ・クラウディオでは、赤ワインとオードブル（本来ならばアンティパストと呼ぶべきかもしれない）の後、「普通のスパゲッティと日本のそうめんとの中間くらいの太さで、イタリーでしか獲れない小さな貝が入っている」スパゲッティを、「オリーブ油をかなりおさえて調理」したものが運ばれる。実に丁寧な描写である。次にコック長が「大きな銀の皿に盛った料理」を運んでくるが、これは、「麻沙子の好きな〈ヴィティーロ・トナート〉という料理」で、「それは作るのに最低一昼夜はかかる料理で、その日に註文しても口にすることは出来ない」いもので、「仔牛の肉を、幾種類もの香辛料で味つけした湯でゆでてから薄く切っておく。その残ったスープで、別にゆでておいたまぐろの赤身をといてソースを作り、そのソースの中に仔牛の肉をひたして、冷たいところで一昼夜寝かせる」というような、実に手の込んだ料理である。オレンジの後出されたデザートもまた麻沙子の「大好物」で、「ザバイオーネ」という「あたためたワインで卵の黄身を攪拌していきながら、大量の砂糖を混ぜて、ガラスの容器になみなみと注ぐ」もので、「麻沙子はいままでスプーンに四杯以上食べられたことはなかった」という「ワインの香りを放つ、黄色く泡立った粘っこい液体」である。料理自体の特別性が麻沙子のこの街への馴染み方の深さ具合を譬喩するかのような、濃密な描写である。

さて、麻沙子はこの街で、もう一人の重要な登場人物に会いに行く。それは、ペーター・マイヤーという、カイザーザールに勤める公務員で、仲間から「世捨人ペーター」と呼ばれる民俗史の研究者である。麻沙子のかつての友人であり、その頃麻沙子がつきあっていたシギィの親友でもあるペーターに、ウルム街を経て、レーゲンスブルクのホテル・カルメリッテンに一週間かけて向かうことがわかった母を、長瀬から引き離し、連れ戻してもらおうと考えたからである。再会した二人は、「ドームと呼ばれる聖バルトロモイス教会の近くの橋を渡」り、「マイン川の南側」の「りんご酒の本場であるザクセンハウゼン」にりんご酒と生ハムを食べに出かける。

かつて麻沙子が住んでいた下宿は、ベルタ・アムシュタイン夫人の家で、彼女は既に亡くなっている。麻沙子は再会したパン屋のティーネ・ベッカーマンの家に食事に招かれ、アムシュタイン夫人を思い出し、そこに連れ込んでいたかつての恋人シギィのことも思い出す。ティーネは、「ポテトのサラダとソーセージ、それに自家製のチーズを皿に載せ、何種類かのパンを籠に入れて」もてなしてくれた。これもいかにもドイツらしい食事である。

ペーターの都合のつく日程でレーゲンスブルクに同行してもらうことになった麻沙子は、長くなりそうな旅程を考え、安いホテルに移ることにするが、これにも、土地の人間との縁が関わっている。世話になったエーリヒ・ゼーリックというタクシー係にホテルの紹介を頼むと、「フランクフルトの中央駅から一直線に延びるカイザー通りの突き当たりがハウプトヴァッヘ広場であった。そこは市電や地下鉄の起点でもあり、ショッピング街でもあり、かつての衛兵所が復元されて建っている市の中心部」で待ち合わせ、向かった酒場で紹介してもらったのが、公園通りの角にある「六階建ての四角いビル」で、実に居心地のよいホテルであった。

ところで、我々旅行者は、知らない旅先では、とにかくホテルとレストランに恵まれてさえいれば、その旅は一応満足できるものと言えるのではなかろうか。この意味で、「ドナウの旅人」は、この二つの上質の案内書となっているということができる。

この調子で各都市すべてを辿る余裕はないので、あとは飛ばし飛ばし進むことにする。ペーター・マイヤーの運転するベンツでレーゲンスブルクに向かうはずが、ペーターは、予定外に、ニュールンベルクに麻沙子を連れていく。そこにシギィが住んでいるからである。二人はこの街で、ビールとニュールンベルク・ソーセージを食べながら、シギィの帰りを待つ。これはペーターのお節介であったが、最初は躊躇していた麻沙子も、シギィと再会すると、すぐに再び恋愛関係を再開してしまう。「赤ライオン」という店で待っているはずのペーターには別行動を取らせ、レーゲンスブルクには、シギィが麻沙子を連れて行くことになる。

レーゲンスブルクのホテル・カルメリッテンでは、拍子抜けなほどやすやすと絹子と長瀬を見つけることになるが、ここから、事態は麻沙子の予定どおりには進まず、むしろ絹子の、ドナウ川の果てまでこの川に沿って旅をする、という当初の予定に、皆が無理やりつきあわされることになる。この旅には、途中でペーターも参加したりまた離れたりしている。

彼らは、ヴェルト村のペンションで泊まり、パッサウでペーターと再会し、ここから急に一人で、死に場所を探してウィーンに行ってしまった長瀬の行く先を探し、ペーターの機転でウィーンの留学生たちがネットワークを活かして保護し監視している「ヴルガーシュピタール通り十三の二十一」に向かうことになり、ウィーンにしばらく滞在することになる。ここでは、師のピアニストの愛人となって悩んでいる庄野絵美という女性と長瀬が関係を持つなど、様々のことが起こる。音楽の都市なので、ウィーン国立音楽大学や、オペラハウスの話題も出てくる。小泉たちが、長瀬のために演奏するシーンは圧巻である。ホイリゲという居酒屋やホテル・ザッハーのチョコレート・トルテ、いわゆるザッハー・トルテも登場する。シェーンブルン宮殿で、サスペンス仕立ての尾田とのやりとりもある。

この街では、小泉という日本人留学生を筆頭とする留学生たち、ステラという、実に個性的な女タクシードライバーなど、重要な人物群が登場している。

しかし、それにしても、この四人はいったい何をしているのであろうか。母と娘、それに母の恋人と娘の恋人。ウィーンに長く滞在し、この街を丁寧に読者に紹介するために、敢えてさまざまの波乱の状況が用意されているともとれるような滞在の仕方ではなかろうか。逆説的に言えば、長篇小説は、このような展開が積み重なって、ようやく成立するものなのかもしれない。ストーリーは、まっすぐ進み過ぎても、また、進まなさ過ぎても、読者の興味を殺ぐことになるからである。特にこの小説は、ストーリーの展開と、旅の展開とが響き合う形で描かれているので、途中に滞在する土地と、ストーリーが脇道へ逸れる展開による拡幅が用意されなければ、物語は上手く膨らまないものと想像される。その一方で、旅は一定のスピード感を以て、次の土地へと読者を運ばなければならない。読者の興味を惹きつけ続けることの困難と力試しの楽しみとが、ここに典型的に表れているとも言えよう。

小説に戻ろう。次に四人が向かったのは、ハンガリーのブダペストである。一行はインター・コンチネンタルホテルにとりあえず入るが、やがて、ブダ城の北側、ロージャドンプ地区という高級住宅街に住んでいるバラシャという歯医者が家を貸してくれたので、ここに滞在することになる。ここにも、ペーターの活躍がある。彼の親友の歴史学者ケレケシュ・アーベルの知人、ということになっている。またこの街の住人である、ガビーという美人と、その夫のチャバとも出会う。ガビーとの出会いは、絹子の散歩の途中である。この街でも、旅と物語の双方の「寄り道」の準備が整えられるわけである。

ここでは、「ブダペストで最も古い喫茶店」である、「ルスヴルム」で休んだり、麻沙子とシギィは「三日間の予定で、ブダペストから北東へ約三百キロのいなか町トカイへ遊びに行ってしまった」りしている。いわゆる「寄り道」がここでも行われる。

ここで、先にも触れた、長瀬の過去に関わる推理小説的設定が物語進行をいい意味で複雑にする。尾田がここまで長瀬を追いかけてきていることがわかり、物語に緊張感が持ち込まれるのである。尾田をまくためにかくまってもらった義眼の女から、ドナウ川を旅しているのを聞いたので、と、トルチャというところから船でスリナに行き、ある人に金を届けて欲しいと依頼される。これが、この後の旅の継続の理由の一つとなる。旅は継続されることで旅であり続けるが、一つの場所に滞在すれば停滞し、移動の疾走感が減る。そこで、次の行先が特定されることで、滞在中にも移動の予定という形で、旅が継続されるのである。

一行は次に、ブダペスト東駅から、ユーゴスラヴィアの首都ベオグラードに向かう。ここからは、共産圏の鉄路の旅の困難が書かれていく。これもまた、読者の興味を別の形で刺戟する仕掛けと言ってよかろう。共産圏への旅は、当時はやはり、未知への旅行として意識されたはずだからである。

ベオグラードでは、カレメグダン公園の近くのチトー将軍通りに面したカシナ・ホテルに泊まる。この後、麻沙子とシギィは、チャバの友人である、ゾラン・ポポヴィッチのアパートの一室を使わせてもらうことになる。絹子と長瀬は、ペーターの友人である民俗学者のアパートで世話になる。これらのことから、ヨーロッパ圏に属し、陸続きでありながら、国家が奉じる主義によって分断された国々の歴史が、土地の雰囲気や人物像などに影響を与え、同じ旅でも、期待と不安が多く書き込めるものと考えられる。これについては、次の章でもう一度述べたい。

ベオグラードからは、高速艇でテキヤという町に着き、そこからバスでクラドヴォに至る。ここでは、ゾランの知り合いである、ミーケ・ペトコという大男と、その妻のソーニャに世話になる。改めて、この物語が、麻沙子のかつての恋人から繋がる人物関係で進んできたことに、読者は否応なく気づかされるであろう。人から人への繋がりが、土地の繋がりと、旅の継続を作り上げているのである。

そしてこのミーケとソーニャの家で聞いたカセットテープの日本民謡の後に、長瀬の運命を決めるような録音が吹き込まれていたのである。これは、長瀬のシークエンスの解決をもたらし、その意味で、物語全体の終焉をも予測させる。

その後、ネゴティンというバスターミナルから、ある男の助けを得て、ペーター以外がオペルに乗って国境を越え、ブルガリアに入り、ヴィディンのロヴノ・ホテルに泊まる。そこから、ソフィアのホテル・グランドバルカンでの一泊滞在を経て、ルーマニアの首都ブカレストで、絹子が烈しい頭痛を訴えたので予定外に三泊することになり、その後、約束どおりにトルチャから船でスリナに向かう。スリナでは、「ホテル・ファルル」という木賃宿のような宿に泊まるが、ここが、母絹子の最後の場所となる。先にも書いたとおり、脳卒中で倒れてしまうのである。人の死を以て物語を閉じることは、一つの常套的手段とも言えようが、この物語においては、当初、登場人物も読者もおそらく誰一人予測しないものであろう。絹子の年齢設定は、若い男と旅しながら既に老いてもいる、両義的なものである。この点が、人物像に殊更に不可解さをもたらし、読者の謎解きの興味をかき立てる要因となっているのであろう。

そしてついにこの長い長い旅は、母の代わりに、母の望みであった黒海の日の出を、シギィと麻沙子が見るところで終えられる。

三、東西冷戦の証言

この小説の共産圏への旅行の困難さによって示される当時の世界の政治状況については、現代においては必ずしもわかりやすいものではなかろう。

当時の東欧革命と呼ばれる東欧共産国家の政治改革は、まずポーランドとハンガリーから始まった。まずポーランドでは、一九八〇年に独立自主管理労働組合である「連帯」が結成された。当初は非合法組織であったが、一九八一年に合法化された。この頃から民主化運動が盛んになっていった。またその一方で、ソヴィエト連邦においても、ミハイル・ゴルバチョフがペレストロイカという政治改革を行い、空気が変化しつつあった。そして一九八九年二月からポーランド統一労働者党政権と連帯や他の民主化勢力とのいわゆる「円卓会議」が継続的に行われ、六月一八日に自由選挙を実施することで合意し、レフ・ワレサ率いる連帯が圧勝する。この結果、連立政権が発足し、ヤルゼルスキが暫定的な大統領に就任しポーランド第三共和国が成立した。一方、ハンガリーでは、同じ一九八九年五月に、ハンガリー・オーストリア間の鉄条網を撤去することとなった。一〇月二三日には、ハンガリー共和国憲法が施行されている。ハンガリーとオーストリアの国境の鉄条網は、ウィンストン・チャーチルが「鉄のカーテン」と名付けたもので、同年八月一九日、西ドイツへの亡命を求める東ドイツ国民がこの国境を越えてハンガリーに殺到し、やがてこれが、後に述べるベルリンの壁崩壊や冷戦終結などにつながり、結果、東ヨーロッパの多くが、共産圏からヨーロッパ圏へと復帰するきっかけとなった。ついに一九八九年一一月九日には、東ドイツ政府が、旅行及び国外移住の規制緩和の政令を出したところ、「事実上の旅行自由化」とやや誤解気味に受け止められ、この日の夜、いわゆるベルリンの壁崩壊が起こったのである。翌一九九〇年一〇月三日には、西ドイツに東ドイツが編入される形で、東西ドイツが再統一された。ドイツという大国の統一は、当然ながら共産圏の再編成をもたらした。このとおり、一九八九年に多くの出来事があったので、東欧革命は一九八九年革命とも呼ばれている。この年には、他にも、一一月一七日のチェコスロヴァキアのビロード革命、一二月二五日のルーマニアのチャウシェスク政権の崩壊などが起こっている。この小説の旅行ルートにも近い国々である。さらにエストニア、ラトビア、リトアニアのバルト三国の一九九一年八月のソヴィエト連邦からの分離独立と、同じ一九九一年一二月のソヴィエト連邦崩壊がそのクライマックスとして起こり、広義の東欧革命はほぼ出揃った。

さて、この小説の麻沙子が、ハンガリーで出会ったケレケシュ・アーベルは、次のように語っている。

「私はいろいろな国を放浪しているうちに、待とうと思いました。強く待とうと思いました。マジャール万歳！　そう叫んで、兄や妹たちと抱き合える日を。どんな理論を使っても、正義の侵略なんて、絶対にありませんよ。どんな理由があっても、よその国を奪うのは侵略です」

マジャール人とは、かつて一〇〇〇年ほど存在したハンガリー王国に所属した多数民族で、そののち、一八六七年にオーストリア＝ハンガリー二重帝国ができた後には、西側に所属するオーストリアとも深い関係があり、もともとこの帝国に誇りを持つ人々が多い民族のようである。したがって、このケレケシュの言葉は、現状への不満とともに、東欧革命による未来への希望を読み取ることも可能であろう。

そのように改めて考えてみれば、一九八三年から一九八五年に発表されたこの小説は、一連の東ヨーロッパ革命前夜の小説なのである。

政治的なことはわからないという登場人物たちの言葉とは裏腹に、この小説については、佐々木という、ゾルゲ事件のスパイの子どもなどの人物を配し、昔のことと、同時代のこと、その双方について、実に政治的な小説であると見ることができる。後の東欧諸国の大転換が予言されているという事実は、やはり特筆すべきものであろう。

第九章　「葡萄と郷愁」

——東京／ブダペスト・官能の世界

一、リアリズムとしての「パラレル・ワールド」

「葡萄と郷愁」は、最初、女性向けファッション雑誌『ＪＪ』に一九八五年五月〜一九八六年五月に連載された。その後、光文社から一九八六年六月に刊行されている。

『ＪＪ』は最初、一九七五年に『女性自身』の別冊として創刊され、一九七八年から月刊化された。ＪＪとは「女性」と「自身」の頭文字である。読者層のターゲットとしては、概ね女子学生が想定されるようである。連載時は日本においてはバブル崩壊前で、経済的にも余裕があった頃であり、また東欧においては、一九九一年のソヴィエト連邦崩壊直前で、やや不安な時期にあった。前章において詳しくみたとおり、ハンガリーは、当時多くの東欧の国々と同様に、社会主義体制下にあったが、早くから経済および政治の自由化の流れがあり、一九八五年から一九九〇年頃まで、民主化運動のさなかにあった。今から見れば、双方とも、歴史的にも実に特徴的な時期であったと言えよう。

この小説は、物語の形式が極端な形で表面化されている作品である。最初の章は、「一九八五年十月十七日　午後五時　東京」で、次の章は「一九八五年十月十七日　午前十時　ブダペスト」となっている。要するに、章毎に、東京とブダペストの事件を交代で同時並行的に描くというものである。東京とブダペストの時差は七時間であるので、この二つの時刻は、正に同時を示す。そして最終章の一つ前の章のそれは、「一九八五年十月十七日　午後十一時　東京」、最終章のそれは「一九八五年十月十七日　午後四時　ブダペスト」となっていて、これも同時を示す。このとおり、二つの都市における出来事が規則的に交互に綴られていくが、物語は全く交差しない。この点も特徴的と言えば特徴的である。

二つの物語が交互に語られるという手法は、推理小説やＳＦ小説などにはよく見られるものである。また、純文学とされるものにおいても、例えば有名なところでは、村上春樹が頻繁に使う手法で、村上春樹が初めて書いた書き下ろし長篇小説である「世界の終りとハードボイルド・ワンダーランド」（『世界の終りとハードボイルド・ワンダーランド』新潮社、一九八五年六月、書き下ろし）や「海辺のカフカ」（『海辺のカフカ』上・下、新潮社、二〇〇二年九月、書き下ろし）、「1Q84」（BOOK1、二〇〇九年五月、BOOK2、二〇〇九年五月、BOOK3、二〇一〇年四月、書き下ろし）などが直ぐに思い浮かぶ。「葡萄と郷愁」が異なる様相を見せるのは、二つの世界がこのとおり全く交わらない点に加え、以下の点によるものと考えられる。

この小説は、読み終えてみると、実に多くの事件や出来事が起こり、時間もかなり経ったように思うが、日付をもう一度確認して驚くことは、実はこの作品の時間は、「一九八五年十月十七日」のたった六時間少しの間に起こったことに過ぎないのである。

東京の物語の主人公は沢木純子という女子学生で、外交官になるという夢を叶え、今はロンドンにいる村井紀之に、既に結婚の承諾を与えているが、式の日取りを決めるという段になって、やや迷っている。この日の夜一一時にかかってくる予定の電話で、最終的な結論を出すことになっている。小説において、このように期限が切られた時間は、一般的に濃密なものである。純子が迷っているのは、故郷の幼なじみで、村井に結婚の承諾を告げてからも体の関係を続けている、池内孝介という恋人がいるからである。純子は、返事の期限を前に、孝介との「別れの儀式」のために彼に会いに出かける。ただし純子は、実のところは孝介に未練があるわけでもなさそうである。それはそうとして、とにかくこの物語の謎による最大の「宙吊り」は、純子が、この日の午後一一時に、村井に何と返事をするのか、にある。

一方、ブダペストの物語の主人公は、アーギ・ホルヴァートという、これもまた女子学生で、ベーラという父親と暮らしているが、ある日、偶然出会った、アメリカ人のメアリー・レファーツという富豪の未亡人から、世話をするのでアメリカに留学し、その後自分の養女にならないか、という申し出を受け、迷っている。アーギには、ジョルトという恋人がいる。アメリカに渡ることは、当然ながら、ジョルトと別れることをも意味する。レファーツ夫人は、そろそろ返事が欲しいと言ってくる。このブダペストの物語の最大の「宙吊り」は、このレファーツ夫人の誘いに対し、アーギがどのように返事をするのか、にある。また、もう一つ、この日の朝、アーギたちの友人であるアンドレアが、鉄道に飛び込んで自殺した。アンドレアの死の原因は不明で、アンドレアの父は、アンドレアの日記を根拠に、アーギたち友人を呼び出す。また、アーギたちはアーギたちで、真相を知るべく、アンドレアの恋人であったゾルターンに会いに行く。このアンドレアの死の原因も、読者が置かれる「宙吊り」状態の一つである。

これらの「宙吊り」状態の解消を求めて、読者は読書を続けていく。しかしながら、先にも書いたとおり、東京とブダペストの話は、章が変わる毎に、交互に書かれている。この小説が連載された『JJ』は毎月刊であるので、連載中にこの小説を読んだ読者が、それぞれの物語の続きを知るには、二ヶ月も待たされることになる。一ヶ月だけでも読者の期待は高まるものであろうから、この仕組が読者の興味を強く牽引したであろうことはおよそ想像がつく。毎月毎に読み進める方が、幸福な読書行為とも言える。後れてきた読者である我々が、単行本や文庫本で読む時、この楽しみは味わえないからである。

この仕掛けに代表されるように、この小説には、読者を小説に惹きつける仕掛けがたくさん見られる。連続ドラマもそうであるが、いい場面で「つづく」の文字が出ると、作品の続きへの期待はよけいに高まる。この小説は、いい意味で、流行小説としての構えをしっかりと持つ小説と言えよう。

もう一つ、この小説には、内容面での魅力が存在する。それは、この小説に描かれる、葡萄とワインという相通ずる存在である。ブダペストと東京の二つのパラレル・ワールドを象徴するように、ハンガリーでは、世界的にも有名なトカイ・ワインが登場し、東京では、岡山産のマスカットが登場する。

これらは、味覚と嗅覚が殊更に刺激される要素であるが、小説に描かれた五感の要素に注目することは、それが文字で描かれているだけであるのに、なぜ読者に届くのかという記号学的な観点をもたらす。

二、マスカットをめぐる物語

まず、マスカットをめぐる純子の物語について見ておきたい。

純子は東京が嫌いだった。群衆や、車の煤煙や、どこからともなく漂ってくる浄化槽の悪臭で気分が悪くなると、決まって、緑色の葡萄の房が、宇宙に浮遊する星くずみたいに浮かび出るのだった。摘み取ったばかりの、大粒のマスカットの一房……。（略）八歳の純子の差し出す両手に、その重量感に満ちた果実を載せてくれた十一歳の池内孝介……。

その遠い光景は、いつも何らかの夢を純子にもたらした。（略）高校生になると同時に東京で暮らし始めたころ、マスカットの一房は、心に浮かび出るたびに純子の乳首の片方を痛くさせる不思議な空想物になった。

そして、大学受験の頃に、純子は、夢の正体を知ることになる。それは、故郷回帰の夢であり、その核心には、孝介の存在があった。それは、純子の一家が「マスカットの産地として知られる御津郡に居を定め」た、純子の幼いころに遡る。

父の給料だけでは苦しかったので、母はマスカットの房を箱に詰める仕事を紹介してもらった。デパートや高級果物店に出荷するマスカットは、よりぬきの品でなければならなかった。いたんで変色したり、粒の不揃いなものは、まとめて、市場とか不出来な葡萄を専門にあつかう仲介人に廻すのである。作業場には、いたんだり、痩せたりしたマスカットの粒がころがっている。母は、それらをそっとひろい、エプロンのポケットに入れて持ち帰り、丁寧に洗って、三人の娘たちに食べさせた。それらは、ほとんどが、しなびて割れていた。純子は、果肉と果汁の圧力によっていまにも薄い皮を内側から破ってしまいそうな、まんまるいマスカットを、一房全部食べてしまいたくて仕方なかった。

この、切なくもやるせない欲求を満たしてくれたのが、孝介だったのである。小学生だったある日、それまで一度も言葉を交わしたことのなかった、同じ小学校に通う三つ歳上の孝介が、純子のところに、葡萄を持ってやってくる。


孝介はあたりをうかがい、服の下に隠した見事なマスカットの一房を出すと、

「ひとつだけ、ちぎって食べたんじゃ」

と言った。そして、純子の両手にそれを載せると、自分がやったように服の下に隠せとささやいた。（略）

「盗んできたんじゃろ?」

「黙って、ちぎってきたんじゃ。盗んだんやない」

夕日から少し離れたところに、月があった。純子は自分の両手が、甘い匂いと、夕日を透かす緑の果肉によって、葡萄そのものと化したような気がした。（略）

孝介は、もうひとつ食べてもいいかと訊いた。純子は頷いた。しばらくすると、

「もうひとつ、ええかな?」

と言った。そのたびに純子は無言で頷き、結局、日が沈んでしまうあいだに、半分以上を孝介が食べてし

まったのである。純子がその残りを食べ終わるまで、孝介は木の周りを何回も行ったり来たりして、見張っていてくれた。

ここには、マスカットをめぐる共犯関係が成り立っている。この共犯関係は、容易に恋愛の共犯関係に転換するであろう。あまり詳しくは書かれないが、孝介がなぜ純子にマスカットを持ってきたのかは明らかである。マスカットが、青い恋愛感情の告白の代替物であることは容易に想像される。一房のマスカットを半分ずつ共に食べる行為は、読みようによっては、肉体関係の成立を譬喩するかもしれない。しかし、純子がその後も孝介がマスカットを持ってきてくれる僥倖を待っていても、三つ歳上の孝介は先に思春期に入ったためか、二度と訪れない。これが、どうやら、純子の中に残っていた、帰るべき夢の源だったのである。これは性夢の一つと言えよう。後にも孝介とのレストランでの食事の場面でも、純子はこの場面を思い出し、「あのときの葡萄はいまも、とめどない夢の火花となっている」と考えている。

「私、小川を渡って、マスカットを持って来てくれた、坊主頭の、孝介を好きだったの。私のために盗んできたのに、結局、半分以上も、自分が食べちゃった孝介が、好きだったの」

ここには、司法試験をあきらめてしまった孝介への失望が、暗喩的に表明されている。
また、孝介の遠縁に当たる、野崎いつ子という、幼い頃の事故で両腕を失ってしまった女性の結婚が決まったという噂話をする際にも、マスカットが登場する。孝介のところに、いつ子の父親から、「前祝いに受け取ってくれ」と、マスカットを二〇箱も送ってきたとのことで、純子にも持って帰ってくれと孝介は言う。また孝介は、いつ子が、足の指で「マスカットの皮を、すごく上手にむくんだぜ」とも言う。この言葉は官能的である。足の指は、有名な谷崎潤一郎のフット・フェティシズムの話題を出さなくとも、古来、性的な幻想と強く結びついていることは明らかである。このことは、ウィリアム・A・ロッシの『エロチックな足』（山内昶監訳、西川隆・山内彰訳、筑摩書房、一九九九年一月）という書にも詳しく書かれている。そしてこの足の指でマスカットの皮をむく話をした直ぐ後に、孝介は、既にいつ子が妊娠していることを告げ、二人は互いの掌を叩き合っている。純子は、孝介への失望を、レストランでも再確認する。また、最初から、ロンドンにいる村井との結婚を、既に心に決めているのである。にも拘らず、二人は、孝介の部屋に向かう。

そこに野崎いつ子の父から送ってきたものらしいマスカットの箱が七つ積んであった。部屋は閉め切ってあるので、純子がソファに坐った途端、空気が動いて、マスカットの香りは彼女の周辺でたゆとうた。

「冷蔵庫に入れないと、傷んじゃうわ」

自分の声が、いやにしょんぼりしているのを自覚しながら、純子はマスカットの箱を見つめて言った。

「あれが全部入ると思う？　始末に困ってるんだ。とにかく一箱食べよう。少しでも減らしたいよ」

そして孝介はマスカットの果実を洗い、皿に盛ってテーブルに置く。

その後、「もうこれ以上、俺をこけにするようなことはやめてくれよ」と、あまり乗り気でない孝介を、純子は半ば強引にベッドに誘う。その時純子は、ふと、いつ子のことを思っている。

両腕のないいっちゃんは、交わりの最中、その愛情をどのように表現するのであろう。性においても、手は大切な役割を果たしている……。まるで大発見でもしたかのように、純子はうつぶせたまま、自分の片方の腕をベッドの上で動かした。掌でシーツを撫で、緩慢に腕を伸ばしたり曲げたりした。それは、スタンドの明かりに照らされた純子の裸体に、はからずも熟れた官能のくねりをもたらしていたのである。

そして全て済んでから、純子はいつ子に電話をかけ、その後、一人で部屋を出る。

純子はプラットホームのベンチに坐り、もし孝介が、今夜のことを村井に教えたらどうなるだろうと考えた。いや、今夜だけにかぎらない。結婚を承諾する意味の手紙を出したあとも、孝介と肉体の関係を持ちつづけていたことを知ったら、村井はどうするだろう。純子は自分で自分が情けなくなってきた。女々しいという表現こそぴったりではないか。私は汚ない……。

その後、やや衝動的に、英会話の教師であるエレン・カムストック夫人に、相談を願う電話をかけたりしているうちに、孝介が、マスカットを四箱持って追いかけてくる。純子はこれを受け取り、電車に飛び乗る。マスカットは、常に純子の行動の契機として描かれているのである。

この傾向はさらに続き、カムストック夫人の教室から出て、大学の二年先輩の岡部晋太郎と偶然再会する場面でも、孝介にもらったマスカットの箱を捨てるゴミ箱を探そうとして、岡部に「何やってんだい。街のマスカット売りって感じだぜ。マスカット売りの少女って言うわけにはいかないけど。成熟しちまったからな」と呼び止められているのである。

その後、二人は、岡部の行きつけのおでん屋に向かい、岡部はおでんの大盛りで熱燗のコップ酒を飲み、純子をタクシーで送ってくれる。途中で、純子は、四箱のマスカットをすべて、おでん屋に忘れてきたことに気づくが、そのままにする。

このとおり、マスカットは、記憶の中ではその味を彷彿とさせるような記述がなされているが、現在時のそれは、むしろ邪魔者扱いされている。しかしながら、食べ切られていないので、ほぼ最後まで、狂言回しの役割を続けることができるともいうことができる。マスカットの甘い思い出の中の孝介は、既に食べ頃ではなくなったためか、純子は、これを捨てようとしたりする。そして、おでん屋に忘れて手から離れた後、村井に結婚式の日取りについて最終的な返事を与えるわけである。

三、ハンガリーのワイン

一方、ブダペストの方の物語の真の主人公は、ワインである。例えばアーギの父ベーラは、アルコール中毒者で、例えばある日アーギがバスの中から見かけたその姿は、「ワインの壜を二本持って」歩く姿であった。アーギは、「また墓地へ行き、母のお墓の前に坐り、ワインを飲んで泣くのだな」と思ったりしている。この際のワインには、味などの違いはさほど関与しないであろう。

ワインが次に登場してくるのは、アーギたちが飲みに出かける「イジャーキ」という店の場面である。

〈イジャーキ〉の一階には椅子がない。立ち飲み用の丈高いテーブルが並んでいて、ジュラルミンを張った大きなカウンターには、何箇所か丸く深い穴がしつらえてある。そこに品種の異なるワインがたっぷり入れられてあり、店員のおばさんがひしゃくでワインをすくい、一デシリットル用、半リットル用、一リットル用などのグラスに注いでくれるのだった。（略）

「半リットル？　一リットル？」

アーギは、きょうの講義をすべて休むつもりだったので、

「一リットル。それに何か食べたいわ」

と答えて、財布から金を出した。パンに上等のラードを塗り、サラミを載せた簡単なスナックはワインによく合ったし、ジョルトもアーギも気に入っていた。

その後、「アーギは先にパンを食べ、食べ終えてからハンガリー南東部産の赤ワインを飲んだ」と書かれている。アーギとジョルトは、アンドレアの話と、アーギのアメリカ行きの話を続け、その間、ワインを飲み続けるが、最後にそのワインの種類が明らかにされる。

「きょう、〈イジャーキ〉で待ち合わせをしたのは間違いだったな。〈イジャーキ〉のワインは、イジャーク村で穫れたワインだからね。トカイ・ワインを飲むべきだよ」

トカイは、アーギの両親の郷里で、いまも親戚の何人かが葡萄を作り、ワインを作っている。（略）低い葡萄の樹に登って、葡萄棚に手を掛け、まだ小粒な果実を嗅いだ記憶は、アーギの中に鮮明に残っていた。

ここでは、葡萄は「嗅いだ」ものとして書かれている。記憶の表現の中で、嗅覚への配慮もされている。嗅覚と記憶とが親近性が高いことは、よく知られているところであろう。

トカイ・ワインは、現在でもハンガリーの代表的なワインである。極甘口の貴腐ワインは特に有名で、フランスのソーテルヌ、ドイツのトロッケンベーレンアウスレーゼとともに、世界三大貴腐ワインとされる。しかしながら、社会主義政権との関係で、危機の時代もあった。コッペル・アコシュ、出雲雅志「トカイワインをめぐる小さな物語」（神奈川大学経済会『商経論叢』二〇一七年一月）には、「１９４９年から１９８９年までつづいた社会主義の時代には、ブドウ畑の国有化とワイン生産の集団化によって、ブドウ畑は荒廃しトカイワインの品質は著しく低下した」という文章も見える。今は復活しつつあるが、この作品の書かれた時代には、危機の時代にあったことがわかる。

岩野貞雄「ハンガリーのトカイワインについて」(『日本醸造協会雑誌』一九七一年九月)にも、当時のワインの生産は、「3つの組織団体のいずれか」で生産されるとされている。協同農場や国営農場、国営醸造場での生産である。また、「フドロフ河とテイサ河の流域に産地が拡がって」いるとされる。

アーギは、「五歳か六歳かのとき」の記憶として、「葡萄の収穫期で賑わうトカイの小さな村の丘」から並んで降りてくる父たちの、「ここじゃあ共産主義なんか関係ねェ。葡萄酒は共産主義で出来るんじゃねェんだ。そうだろう?」という台詞も覚えている。トカイでは、葡萄畑の葡萄は、概ね、葡萄酒のためのものである。

その後、自殺したアンドレアの父親に呼び出され、会いに行ったアーギたちは、もう一度〈イジャーキ〉に戻ってくる。


熱湯につけてから、何日も乾燥したところで干したラードの塊が、幾つも店の奥に吊るしてある。その下に、アーギとジョルトの飲み残したワインが置かれていた。

しかし、この〈イジャーキ〉のワインは、学生たちが普段に飲むもので、さほど上等なものではなかろう。最後に、極めつきの、ものすごいワインが登場する。アーギたちが、死んだアンドレアの恋人だったゾルターンを訪ねていった場面である。最初は警戒していたゾルターンは、やがてアーギたちに心を許し、彼らが帰りかけると、「素晴らしいワインが一本だけあるんだ。俺、アルコールには強くないし、ひとりで飲むのは勿体ないから、飲んでいかないか?」と誘う。その「素晴らしいワイン」とは、「青黴がびっしりと壜を覆っていた」ような、いかにも年代物のワインである。

「この建物の地下に、共有の物置があるんだ。そこに、もう五年もしまってあった。ブダペストに来るとき、お祖父さんが俺にくれたんだ。六十年前の赤ワインだよ」

「六十年！」

アーギもジョルトも、思わず叫んだ。ガーボルが、口に指を突っ込んで、しみだらけの天井を見あげている。

「何とか言えよ」

ジョルトがガーボルの尻を叩いた。

「声も出ないよ」

ゾルターンは、三人を部屋に招き入れ、注意深く、埃と青黴をぬぐい落とした。ラベルには、〈一九二五年〉と書かれてあった。その栓を抜こうとしたゾルターンを、三人は同時に停めた。

「ちょっと待てよ。これは、飲むワインじゃないぜ」（略）

「そうよ。これはパリだとかロンドンとかの、ワインの競売でせりにかけられて、大金で取り引きされる宝物よ」（略）

「何か困ったことがあったら、これを金に換えろって、お祖父さんに言われてたんだ。だけど俺、来月、トカイへ帰るんだ。ティサ川のほとりで、ワインを作って暮らすんだ。早く帰らないと、時間がないんだ。お祖父さんは、もう八十歳だからね。彼のワイン作りの秘密を学ばなきゃいけない。この宝物を味わうってのは、最初の勉強として大切だろう？」

こうして、ゾルターンは、とうとう栓を抜いてしまう。

ゾルターンは、広口のワイングラスに、ゆっくりとワインを注いだ。四つのワイングラスに注ぎ終わると、三人を見やった。

「二十分間くらい、空気に当てなきゃあ。慌てて飲むなよ」

ガーボルはワインの色を覗き込みながら言った。アーギは、おそらくゾルターンがトカイへ帰って祖父の跡を継ごうと決めたのは、ほんの十五分か二十分前ではなかったかという気がしていた。（略）

「トカイで、ただ酒を飲めるところが出来たな」

ジョルトが言うと、ゾルターンは、なぜか哀しそうに床を見やった。もう誰も、アンドレアの死について口にしなかった。


ここに見られるとおり、アンドレアの自殺が巻き起こした物語の波紋を、ゾルターンが、このワインで収斂させようとするかのようである。大きな出来事には、それに見合う大きな何かが必要である、というかのように。やがて、四人は、この六〇年もののワインを飲む。その至福の場面は以下のとおりである。


「さあ、飲もうよ」

ゾルターンは言って、グラスを掲げた。

「私、手が震えるわ」

恐る恐る、アーギはワインを鼻先に近づけ、香りを嗅いだ。

「時間の香りがするわ」

「おお、偉大な時間よ。我々は、あなたには勝てない」

ジョルトが言った。

「歴史の血……。イデオロギーなんて、クソくらえ」

ゾルターンもそう言ってワインを口に含み、舌で転がした。トカイ・ワインにしては辛口だったが、何ひとつ舌に刺さるものはなかった。

「舌がびっくりしてるわ」

とアーギは言った。

「もうじき喉がびっくりして、胃がびっくりして、肝臓がびっくりする」

ガーボルはワインを飲み下し、目を閉じてそう言った。ゾルターンは、ワインの壜に貼ってある黒ずんだラベルに目をやり、手書きの文字を指でなぞった。

「こんな凄いワインを飲んだ日は、雨に濡れながら歩いて帰るべきだ」

ジョルトがそう言って微笑むと、ガーボルは、

「濡れてもいいじゃないか。六十年前に葡萄を育てた太陽が、いつか雨雲を消してくれるさ」

と応じた。

最後の会話は、あまり噛み合っていない。というより、全体として、このワインの味の凄さを、直接表す言葉が見つからないようで、みんな、譬喩的なもの言いに終始している。

桁違いに凄いものに出会うと、形容の言葉を失うのかもしれない。ガーボルが、「声も出ないよ」と二度も言ったようにである。ここには、感覚に対する、言葉の限界が見て取れる。

しかしながら、このワインの味には、後のやや冷静な評がついている。

「やっぱり、飲むワインじゃなかったな。だんだん酸っぱくなってきた」

最初のひとくちは、期待が実際を抑えて、六十年前のワインに神秘的な誤魔化しをもたらしたが、飲むほどに、酸化した古いワインの味は、アーギの舌を刺し始めたのである。ジョルトも酸味を感じていたらしく、そう言ったが、

「でも、一生に一度、飲めるかどうかわからないワインだったな」

とつけ足した。

確かに六〇年もののワインなど、結局のところ、そんなものなのかもしれない。

しかしながら、このような大切なワインを抜くという行為で、ゾルターンの気持ちの揺れが表現されていることは明らかであろう。これを飲もうと思うくらいの気持ちが、アンドレアの死に対して捧げられている。あまりに大きな悲しみの気持ちもまた、通常の言葉では表現することは困難である。偉大なワインとは、悲しみの大きさを示し、同時に、表現の困難さをも示すのである。

四、五感による官能的世界と不在の論理

さて、これまで見てきたとおり、葡萄とワインをめぐる二つの場所の物語は交差することはない。日本では葡萄が、そしてハンガリーではワインが、それぞれ象徴的に描かれている。しかも、日本では葡萄、ハンガリーではワインと、それぞれ決まって出て来る。

これは、この作品において、これらの要素が、意図的に、ある役割を担わされていることを示唆するであろう。小説とは、事実をそのまま写す表現行為ではない。三次元の事物を、言語で表現することには、やはり限界がある。小説描写の実態を言えば、写すというより、むしろ言葉で新しい事態を作り出す創造行為という方が近いか

もしれない。その際、譬喩や象徴が、現実の事物と言葉の空疎さの落差を埋めるものとして用いられる。五官で感じ取られる感覚は、元来、言葉にしにくい要素である。例えば、ものの味を正確に表現することは難しく、多くの場合は必然的に譬喩に頼ることとなる。逆に言えば、譬喩によってでも、感覚的な要素が多く描かれている小説は、概念的なものや、事実を列挙したものとは違い、人間や現実の状況をできるだけなぞろうとしたものと言える。

この小説も、宮本輝の多くの小説がそうであるように、感覚的な表現の多い小説と言えよう。特に葡萄やワインと同じ、食べ物や飲み物をめぐる、味や香りなどの五感表現は、この小説に頻繁に登場する。

物語の最初に、純子は、級友の真紀に、「ストロベリー・トルテをおごれ」と呼び止められている。アーギがメアリー・レファーツ夫人から誘われたのは、「ブダペストでも最高級のレストラン」である、「フンガリア」である。

これらは単語だけの表現であるが、例えばそこにも、ケーキの種類の選択や、最高級という冠によって、いかにも美味しそうな想像を引き出す要素が認められる。

純子と孝介が、別れの儀式をするはずのレストランは、「新しく出来たレストランで、ドアをあけたところにガラス張りの冷蔵庫があり、アスパラガスや人参、バジリコやレタスなどが、海老とか魚介類と区分されて、みずみずしい光沢を放っていた」と書かれている。孝介は、「水の注がれたグラスを、あたかもブランデーグラスを温めるみたいにして掌に包んで」いる。

その後、遅れてきた純子が着くと、「メニューを持ってきたウェイターに顔を向け」て次のように言う。

「きょうの生ハムは、いい出来なんだってさ。あまり塩辛くなくて、メロンと一緒に食べたら最高なんだそうだ。彼のお勧めの前菜だぜ」

これに対して、純子は、「まかせるわ」と言うだけで、いかにも素っ気ない。

「じゃあ、まずワインだな。赤で、あっさりしたやつ。それからあなたの勧める生ハムとメロン」

孝介とおない歳くらいのウェイターは、メニューの下のほうを指差し、海老を炭火で塩焼きにして、レモン汁で食べる料理も勧めた。孝介は頷き、

「俺も彼女も、スパゲッティはバジリコだからね」

と言った。（略）

生ハムと、四センチ角ほどに切ったメロンとが運ばれてきた。そのメロンを生ハムで包んで食べるイタリー料理の前菜を、純子はあまり好きではなかった。塩辛い生ハムが、甘いメロンと混じると、どちらの味も生かされつつ殺され、見た目からは想像もつかない味の融合がおこって、なるほどこんな食べ方もあり、しかもおいしいものだなと思うのだが、純子は食べているあいだに食傷し、一皿をすべてたいらげたことはなかった。


生ハムとメロンは、取り合わせの妙の代表としてよく知られるが、当時は珍しかったのかもしれない。そして実に譬喩的でもある。男女の関係を初めとした人間関係などにもすぐさま転換できるであろう。

やがてバジリコのスパゲッティが運ばれてくるが、この時には純子は既に食欲をなくしている。

孝介の部屋で、「別れの儀式」を行った後、純子がエレン・カムストック夫人に相談に行く場面も、食べ物の匂いから始まっている。

食堂の窓から、さまざまな食べ物の匂いがこぼれ出ていた。喫茶店の扉が開いて、珈琲の香りが漂った。学生風の背の低い男の肩が当たった。

カムストック夫人は、純子を教室に招き入れると、紅茶を入れる間、「小さなタンブラーに三分の一程度注いだウィスキーをストレートでゆっくり飲んで」いる。

先に見たとおり、偶然再会した岡部は、行きつけのおでん屋で、熱燗のコップ酒を飲む。それぞれが、深読みをすれば、それぞれの人間とその置かれている立場や状況を譬喩しているかのようである。

そして、ついにかかってきた挙式の日取りについての村井の電話に対し、純子は決意し、正式に受諾の返事をする。すると父親が、夜中であるにも拘らず、ささやかなお祝いをしようと言い出す。

お祝いといっても、父が急に思いついたらしく、テーブルの上には、ありあわせのものと、ウィスキーの壜、それにグラスが置かれてあるだけだった。

そしてこのウィスキーに悪酔いしてしまう純子と、介抱しながら、結婚を決めた娘と、やや しみじみした会話を交わす父の優しい姿で、純子の物語は閉じられる。いかにも幸福そうな物語の結末である。このウィスキーに、父親の像と心情とが十二分に代弁されている。純子という名がいかにも皮肉っぽく響き、やはり純子は悪酔いするしかないのである。

一方、ブダペストにおいては、ソヴィエトの噂話をするアーギたちの会話に酒が出て来る。アーギが、「ことしのモスクワは寒いわよ」と言うと、友人のガーボルが次のように返答している。

「ウォッカを飲めないからな。飲むな、働けなんて、よくも平気でそんな政策を打ち出せるもんだよ。クレムリンは、民衆から、自由だけじゃなくてウォッカまで取りあげた。ことしの冬は、メチル・アルコールを内緒で飲んで死ぬやつが、モスクワやレニングラードでたくさん出るよ」

そして、このような共産主義社会の背景を確認しつつ、アーギの物語は、六〇年ものの特別なワインについて、最初は感動し、後にやや相対化する感想によって閉じられるのである。このウォッカとワインの対照が、当時の社会状況を譬喩するのであろう。

要するに、五感表現が、要所要所に登場してきて、物語全体の流れの中で、常に大切なことを伝えるために用いられているのである。

ではなぜそのようなストーリーの要所に、五感表現を配置するのであろうか。やはりそこには、読者に対しての、作者の側からの再現要求願望があるからではないか。

当たり前のことであるが、読書行為の実際において、常に平均して読者の注意が内容に払われるわけではない。気がつけば頁が進んでいて、内容が全く頭に入っていないという経験は、多くの人が持つところであろう。作品の概念的理解に飽きが来た時、五感の表現の再現が代わりに読者の興味を誘い、読書行為の継続を促す。しかしここには、一つ条件が付く。それは、もし読者が、感覚的表現を率先して再現するなら、という条件である。

宮本輝の実験は、ここでも、五感表現を多用することにより読者の再現を期待するところから始まっているものと考えられる。

さらに言えば、ここには、彼らの生きている場所同士の距離が強く関わっている。

東京の純子の物語においては、婚約相手の村井はロンドンにいる。それもあって純子は孝介との関係を続けているのであるが、この恋人の不在という事態は必ずしも悪い方にばかり働くわけではない。純子も傍にいる孝介より村井を選ぶ。この距離感が二人の愛情を育む側面を持つことは否定できないであろう。

一方、アーギは、今はアメリカにいるレファーツ夫人と電話でやりとりしている。そして結局、アメリカ行きよりも、結婚はしないかもしれないジョルトを選び、ハンガリーに留まる決意をする。しかし、アーギにいったんは迷いをもたらしたのは、ハンガリーという当時の社会主義国家から最も遠い、アメリカという自由を標榜する国であった。

ここにドイツ・ロマン派のいわゆるロマンティック・アイロニーないし遠距離崇拝の原理を見て取ることは容易であろう。人は、距離があると、その憧れや愛情の度合いを大きくする。

ところで、感覚にも距離による差が存在する。最も距離の大きい五感は視覚であろう。もはや、レンズやカメラという文明の利器を使って、距離は無限大にまで拡がっている。次に距離の大きい感覚は聴覚である。これも電波を通じれば無限大である。これらを用いないとしても、視覚の方は、かなり遠くまで見渡すことができる。これに比べると、聴覚は聞こえる範囲が限られる。

これらの非接触型の感覚に比べて、嗅覚、味覚、触覚は、接触型の感覚とされ、接触を必須の条件とすることから、より原始的な感覚とされている。最も原始的とされる触覚は、文字どおり触らなければ感じ取ることができない。つまり距離は〇である。味覚もまた食べてみなければわからないので、距離〇と言えるかもしれない。嗅覚だけはやや距離を置いて感じ取ることができるが、結局のところ匂いの要素が鼻の中に入り、器官と接触しているものと考えられている。

この感覚の差を対象との距離で測るという手法を、この小説に援用すれば、それぞれの表現の距離感が如何に多彩であるかがよくわかる。電話で話す純子と村井の距離感と、最後に食事を共にしベッドも共にする孝介と純子の距離感とが、対比的に表現されている。聴覚と触覚である。

一方、ブダペストにおいては、アーギの迷いもそうであるが、今は死んでしまったアンドレアの不在と、ゾルターンが飲ませてくれた六〇年もののワインの香りと味とが響き合っている。嗅覚と味覚である。

ここに、時々描かれるハンガリーの風景と葡萄の形や色が、視覚的な要素を持ち込む。感覚の遠近法で描かれた作品と評することもあながち無理ではなかろう。

第一〇章　「優駿」

―北海道・偶然の魅力―

一、馬・牧場主・馬主・調教師・騎手、競馬を巡る総合的物語

「優駿」（『小説新潮スペシャル』一九八二年四月、『新潮』一九八二年七月～一九八六年八月、断続連載）は、宮本輝文学の代表作の一つであるが、他の作品とはやや異なる特徴的な相貌を持っている。北海道を舞台とし競走馬を中心話題とする点である。少し読むだけで、この作品を書くために作者が競走馬について如何に詳しく調べ上げたかが想像される。

単行本『優駿』下巻（新潮社、一九八八年六月）の「あとがき」には、以下のような言葉が見える。

一歩足を踏み入れると、競走馬の世界は、予想以上に判らないことだらけでした。そのために、多くの競馬関係者のご教示を得ました。調教師のかたがた、何人かの有名な騎手、無名の厩務員さん、数多くの馬産家……。けれども、その中にあって、最も多くの事柄を教えてくださったのは、社台ファームの総帥・吉田善哉氏であり、子息の吉田照哉氏、吉田勝己氏、ならびに社台ファームで働くかたがたです。この日本一の牧場にたずさわるかたたちに、心より感謝の意を表する次第です。

日本中央競馬会も、私の好き勝手な取材に労をさいて下さいました。「優駿」という題は、日本中央競馬会の発行する機関誌のタイトルと同じですが、私は「優駿」という言葉の持つ凛々しさと清冽さに魅かれ、自分の小説の題に、あえて使わせていただきました。

ここにも、この小説が綿密な取材の結果出来上がったものであることが確かに書き留められている。これらの取材に基づく専門用語が、この小説の特別な言語体系の基礎を作り上げている。競走馬や種牡馬の系

統と馬の名前に代表される、この業界の専門用語は、決して全ての読者に開かれたものではない。しかしながら、それを読書の障害物ではなく、むしろ作品を一貫するトーンとしたところに、魅力の源泉の一つを求めることができる。

もちろん、他の宮本輝文学と共通する、ストーリーの組み立ての妙も随所に見られる。

まず第一章に登場するのが、この小説の真の主人公である、オラシオンという馬が生まれた、北海道の静内にあるトカイファームという名の牧場の主である、渡海千造と博正の親子と、後にオラシオンの馬主になる、和具平八郎と久美子の親子である。会話の中では、砂田重兵衛という調教師の名も見える。これとは別に、後に、奈良五郎という騎手の物語も語られている。これに、他の牧場主、吉永ファームの吉永勝也や、他の騎手などが複雑に絡み、物語が編まれていく。

オラシオンを中心におくならば、トカイファームで生まれ、クロと呼ばれていた馬が、後に名馬として活躍するという物語が大筋である。この物語展開には最初からゴールが予想されている。オラシオンがダービーで勝つかどうかという結末である。

次に、弱小のトカイファームを立て直す物語を中心として読むならば、この牧場を継ぐ渡海博正が主人公ということになろう。彼は、世界を相手にする大きな馬産者である吉永勝也を目標に、トカイファームを発展させることを夢見ている。この夢の実現には、オラシオンの活躍が必須条件である。

三つ目に、オラシオンの馬主となる和具平八郎の経営する会社、和具工業の発展と衰退に殊更に着目するならば、和具平八郎が主人公である物語として読むこともできる。そこには、会社の吸収合併や経営を巡る権謀術数が渦巻いている。この和具の物語に重要な脇役として配されているのが、多田時夫という男である。彼は最終的には和具を裏切り、三栄電機との合併話を裏取引でまとめる。

和具にはもう一つの物語が配されている。それは、昔、愛人に産ませた子で、一度も会ったことのない田野誠という少年が、腎臓を患って生命の危機にあるということを知り、腎臓を分け与えるか否かを迷うという命のドラマである。移植をほぼ決意した頃、誠は死んでしまう。

四つ目に、最初はさえない騎手であった奈良五郎が、寺尾というライバルの騎手の落馬事故を機に一変し、名騎手に変貌する物語も認めることができる。言うまでもなくこの場合は奈良五郎が主人公である。ここには、騎手同士の駆け引きや、嫉妬、どの馬に乗せてもらえるかの争いなどの人間関係が示されている。

大きくはこの四つないし五つであるが、もう一つ外せない人物が、和具の娘久美子である。彼女は、物語の中で一八歳から二一歳に成長する娘であるが、いわば狂言回しのように、右に見た四つの物語に関わっている。まずオラシオンにとって彼女は馬主という関係であるが、これは置く。次の物語の渡海博正は出会った時から彼女に好意を持ち、ダービーに勝ったらプロポーズすることを決めている。

三つ目の物語の中心となる和具平八郎は、久美子にとっては父親であるので、その関係性については省くが、父の片腕であった多田時夫に対しての久美子の複雑な感情がもう一つ別の挿話として掲げられている。久美子は時夫と共に一度はホテルに入り、裸の体を多田の前に横たえたものの、最後の一線のぎりぎり手前で部屋から出ていく。また久美子は、入院した誠を何度も見舞い、この弟にオラシオンを譲る約束までしているが、いわば勝ち組であるはずのこの家族の物語も、背後に深い陰影を持っている。

四つ目の物語の奈良五郎は、久美子とはやや関係が薄いものの、彼もまた、彼女に好意を持っている。

こうして並べてみると、久美子をめぐる人間関係は、実に複雑な男女模様に見えるが、すべては結局オラシオンのダービーへと収斂していく。作者はそれぞれの物語に人物を配置するだけであるが、我々読者は、既知の物語からの類推や対照的な展開などを読書行為の進行に即して参照し、先行して物語を編み上げていく。物語が自律運動を始めるのである。いったん動き始めると勝手にも動いてしまうこれら小物語群を統御し最終的に統括することは、至難の業にも見える。しかし、敢えて作者は、まず物語をいくつも散在させ、その後に収斂させるという順番を採る。これだけ大きな期待が読者の中で醸成された後に、最後のダービーの場面と、オラシオンの勝ち負けを書くことは、当然ながら実に困難であることが予想される。作者は、結果の如何に拘らず、作中人物の期待も、また読者の期待も裏切ることはできない地点に自らを追い込んでいるかのようである。負ければもちろん失望を与えるであろう。しかしながら、オラシオンにあまりにもあっさり勝たせてしまうと、今度は肩透かしのような読後感を与えてしまうであろう。

結論から言えば、最後の場面は、これらの困難をものの見事に跳ね返すものとなった。ダービーには勝つが、反則失格ぎりぎりの走り方だったので、ゴールを切った瞬間には結果が出ないという、読者の予想をいい意味でそらす終わり方となっているからである。

なお、この作品は、吉川英治文学賞を受賞した。審査員もこの展開にうならされたものと見える。

二、北海道という舞台の魅力

物語は、次のような場面から始まる。

風の音なのか、牧場の横を流れるシベチャリ川のせせらぎの音なのかわからぬ、遠くからとも近くからとも判別出来ない静かな響きが、九頭の母馬を馬房に入れ終わった渡海博正の耳に、急に大きく聞こえてきた。赤い屋根の厩舎に夕陽が差していた。四月半ばの静内はまだ寒く、かなり青味を帯びてきたはずの牧草は、夕陽をあびて一面枯れてしまったように見えた。（略）遠くにペラリ山が見え、数頭の馬が点のようになって赤く光っていた。

ここには、まず地名が三つと、「静かな響き」という音と、「赤い屋根」「青味を帯びてきた」牧草などの色が書かれている。後には、厩舎や人の「匂い」、馬の毛の「感触」なども書かれ、この小説もまた、読者の五感に訴える小説であることは明らかである。

静内について、実はこの町名は現在存在しない。作品の約二〇年後の二〇〇六年三月三一日に廃止され、三石町とが合併し、今は新ひだか町となっている。町名からも明らかなように、ここは日高地方の代表的な町の一つで、基幹産業は酪農であるが、競走馬生産でも有名である。ペラリ山も標高七一九メートルの実在の山である。

一九八八年に公開された映画「優駿ORACIÓN」は、日本中央競馬会の協力を得て制作されたが、当時クラシックで活躍していたのがメリーナイスで、映画のオラシオンのモデルとされた。ただし小説とは戦績も勝ち方も異なっている。メリーナイスは一九八七年のダービーを制したが、予想では一番人気はマティリアルという馬で、メリーナイスの映像は撮影されておらず、撮り直しをしたというエピソードは有名である。実際のダービーではメリーナイスは六馬身の差で勝っている。

小説に戻る。この小説には、静内だけでなく、北海道の他の場所の牧場も出てくる。競走馬を扱うならば北海道を舞台とすることは、多くの競走馬の生産地であることから当然であろうが、このことは、関西に本社を置く和具工業や、関西の言葉を話す久美子の口調や、博正の頭を平手で一六発も叩くいかにも関西人らしい振舞いと響き合い、関西の関わりが、特別の効果を上げていることに気づく。要するに、舞台が北海道と関西という大きな隔たりのある場所を行き来することが、物語のスケールの大きさを印象づけるように思えるのである。

飛行機に乗ってしまえば、関西と北海道は、片道二時間ほどの距離であるが、博正が静内から札幌空港に和具久美子を迎えに来るには、二時間以上かかる。これもまた不思議な距離感である。最終的に和具平八郎は静内の丸山牧場を買うことになるが、関西から北海道に生活圏を移すことは一大事である。その分、他の地方に移るのとは別の感覚や感情を伴う。それは、ある意味では、人生のやり直しを象徴的に示すものと思われる。また、静内の位置は、札幌とも違い、北海道らしさをさらに強調するものと思われる。そこは正しく別天地であり、人生とは別の物語の生まれ終わるのにふさわしい場所なのである。これらが組み合わされることにより、北海道の大きさと、関西との距離によって、人物間の感情のずれや隔たりが読者に間接的に伝えられるのである。

三、偶然と運命、人生との類比

この小説には、他の宮本作品にも増して、偶然や運という言葉が多く見られる。ギャンブルである競馬を題材にする小説であるので当然と言えば当然であろうが、ただその競馬の勝ち負けだけにはとどまらず、人の運命に殊更に重ね合わされているところはやはり特記される。オラシオンがダービーに勝つかどうかという、本来ならば競走馬のレベルにとどまる分岐を、登場人物たちは、自らの人生の分岐に重ねている。例えば渡海博正は、オラシオンの勝敗に、牧場を大きくするという決意はもちろん、先にも述べたとおり、久美子への思いの成就をも賭ける。和具平八郎も、新しい事業の命運をオラシオンに賭けている。

これらの背景には、この小説の登場人物たちのこれまでの人生の「賭け」が関わっている。平八郎には、以下のような過去が存在する。

　父が死んで三年たっていた。亡父の跡を継いで、和具工業の社長になった平八郎は、そのとき三十四歳だった。三ヵ月前に振り出した五百万円の手形の期日を二日後にひかえて、平八郎は金策に駈けずり廻ったが、やっとかき集めた金は二百万円足らずで、週が明ければ確実な倒産が待っていた。彼はその二百万円の札束をポケットにねじ込んで、京橋から京阪電車に乗った。競馬場に着いたのは二時過ぎで、彼は淀の駅前に店を張っている予想屋のひとりからガリ版刷りの予想紙と出馬表を買った。

二百万円を五百万円に増やすか、それとも金をすべてただの紙屑に変えて、父が汗水垂らして築きあげた会社をつぶすか、ふたつにひとつしかなかった。

そうして、第九レースで「三―六」の馬券を買い、勝つのである。

人々の歓声が高まり、蹄の音がかたまり合って近づいて来たとき、彼は恐る恐る顔をあげた。三番の馬が他馬を大きく離してゴールに入った。彼は二番手の馬を見た。五番の馬だった。負けた。そう思ったとき、内ラチすれすれに六番の馬が来ていた。その六番の馬と五番の馬が競り合ってゴールに入るまでの、ほんの一秒に満たない刹那を、平八郎はときおり数時間もの幻想のような時間に思うことがある。

この、時間が止まったような描写こそは、競馬を描くことによって得られる特別の描写と言えよう。こうして平八郎は、正しく生き返る。

そしてここには、ある運命も関わっている。この時の騎手が、後にオラシオンを預けた調教師となる増矢武志であったことである。平八郎はしかし、このことを当の増矢に語ったことはない。

また、渡海博正の父の千造も、「馬づくり」において、いくつかの奇跡を起こしている。オラシオンことクロの母であるハナカゲを産んだ交配もまた冒険であった。馬産家にとって種付け料は極めて高く、しかもいい血統の馬を交配させて、必ず速い馬が生まれるかどうかは、自然相手のことで、不確かだからである。さらに言えば、高い種付け料を払って交配させても生まれないことも多いので、この意味でも、高額の交配は「賭け」である。

この時のことについて、平八郎が千造を誉めた際の場面は、以下のとおりである。

「そんな、先を読むなんて、社長さんのかいかぶりですよ。ハナカゲが生まれたのも、そのハナカゲがクロを産んだのも、偶然ていうやつでねェかな……」

その偶然という言葉は千造の謙遜から出たものであることはわかっていたが、大小さまざまな牧場とそこで青草を食む馬たちを眺めながら、森羅万象が偶然から成り立っているならば、俺はこんなにもサラブレッドに魅かれはしなかったはずだと、平八郎は思った。

彼は運命という言葉が嫌いだった。仮に運命なるものが確かにあって、生きているものはすべて、それに支配されているとするならば、不幸を背負った人間は、生きて行かなければならぬ必要はないということになる。平八郎は、偶然という言葉と運命という言葉に、共通した概念を感じてそう考えた。俺は、偶然というものに、大金を払い、何キロも先の針の穴に糸を投げて通そうとするような夢を買おうとはしない。（略）これから買おうとしている黒い仔馬も、あらゆる人間と同じように、必然の中から生まれ、必然の中で生を終えるのだ。俺はサラブレッドが好きだ。あの利発さ、あの闘争心、あの感受性、あの美しい姿態と目の色、そして美しさの底にたゆとう不思議な哀しさ、それらはみな人智を媒介にして、しかも人智など遠く及ばない血と血の必然の融合から生まれたものなのだ。

ここには、人智によって生まれ人智が遠く及ばないサラブレッドの魅力が余すところなく語られている。

久美子が、誠に、ふとした成り行きからオラシオンを譲ったことについて、多田と話している際にも、次のような言葉が交わされる。

「でも、オラシオンは、確かにみんなの夢になりましたよ。久美子さんが誠さんに譲ったことでね」

言ってから、多田ははっとした。自分もオラシオンが、誠にある生命力を、大いなる奇蹟をもたらしてくれるのを願っているのに気づいたからであった。（略）多田は、オラシオンがレースに勝ったびに、誠もまた病に勝つ力を得るような気がした。けれども彼は即座にそんなおとぎ話を打ち消した。（略）

「学生時代、金欲しさに女を騙したことがあります。女に金を出させて、遊ぶだけ遊んで捨てました。その女、私にピノキオってあだ名をつけました。あいつは人間じゃない。木だってね。（略）オラシオンと誠さんを結びつけて、そこに一縷の夢と希望を託すなんて、私にとっては笑止千万な話です」

ここには、オラシオンのこの小説における位置づけが明確に表れている。オラシオンとは、人々の運命の不思議についての納得すべき説明の代替物として期待される存在なのである。本当は、そこにも真の答えなどあり得ない。しかし、人は、不可思議であることを承知の上で、そこに何かを見出したく思うものなのであろう。そもそも、偶然と必然との差は、同じ事象を人がどのように見るかの差であって、少なくともオラシオンにとってはどうでもいいことであろう。それでも、運命や偶然に自らの人生の何かを託したく思うのは、人間がとにかく格別に小さな存在であるからだとも言えよう。

ダービーを目前にして、平八郎と博正が会話を交わしているが、そこにも運と人間に関わる言葉が見られる。

「やっかみだな。ほっとけばいい。人間は、他人の努力というものを出来るだけなおざりにして、ただ運だけのせいにしたがるもんや。千造さんが、どんな夢を抱いてハナカゲを作り、ひょっとしたら夜逃げするはめになるかもしれないのを覚悟でオラシオンを作ったか、なんてことは、誰も知ろうとはせんのや。吉永達也の牧場で預かってもらわんかったら、あんな丈夫な馬には育たんかったやろうし、砂田重兵衛という調教師のスパルタ教育がなかったら、オラシオンのスピードも根性も鍛えられんかったやろ。運の裏側にあるもんを、他人は見ようとはせん」

ここには、この小説の人物相関図が、やはり運によって紡がれていたものであることが、念押しされている。その総仕上げであるかのように、平八郎は次のように語る。

「ここに来て負けるとしたら、それはもう和具平八郎という人間に運がないとしか言えん。運のない人間が、新しい事業を始めても無駄やからね。（略）」

こうして、すべてがオラシオンの物語として収斂される。

四、大きな物語と小さなエピソードの相互作用

もちろん、オラシオンの勝敗に直接つながるものだけが、この小説の魅力を形成しているのではない。むしろそれらの周辺にばらまかれた小さなエピソードの群れこそが、この小説のオラシオンの勝敗に全面的に委ねられた危うい魅力を確保しているのかもしれない。

例えば、多田時夫には、以下のような経験がある。彼が幼い頃、父と自分を捨てて他の男に走った、「匂いは勿論、面影の片鱗すら覚えていなかった」母から、金を受け取って欲しいという手紙を受け取り、迷う。

「私が生まれてすぐに、父が肺結核にかかったそうです。当時は肺結核といえば死の病でした。父が療養所に入っているあいだに、母に男が出来たんです。鉄工所を手広く経営してる男だったそうです。しかも独身でした。祖母がやがてそれに気づいて母をなじりました。隠しておくわけにはいかず、祖母は療養所の面

会室で父にそのことを話しました。父は話を聞き終えるなり、離婚しようと言いました。母は承諾して男と九州へ行きました。私をつれて行こうとしたそうですが、祖母が許しませんでした。自分が立派に育ててみせる。そう言い切ってやったと、私が大学生のときに祖母は一部始終を話してくれました」

この時の子を捨てた母の心情について、多田は平八郎に尋ねる。平八郎は、次のように答えている。

「そのときの、ほんのちょっとした心次第やろなァ。ほんの刹那の心やけど、それが自分だけやなしに、想像以上の人間の人生まで変えてしまいよる」

この言葉は、この多田に向けられたものだけでないように思われる。偶然と必然と運命をめぐる、この物語全体の譬喩にもなるからである。

多田は大学二年の時、父に内緒で、アルバイトで旅費を工面して、母に会いに行ったことがあった。その時、「自分を優しく抱擁してくれる母の笑顔」だけを思って訪ねて行ったにも拘らず、母は、「もう親子とは違うのよ」「勝手に訪ねて来てもらっても、こちらは迷惑なだけですから」と言い、小学生らしい今の息子に誰かと尋ねられて、「お母さんの友だちの息子さん」と答えるのを聞き、家を飛び出す。

このような残酷ながら極めて現実的なエピソードが、いくつとなく、作品の中で繰り返されている。

平八郎がついに覚悟を決めて、かなり病状が悪化している誠に初めて会いに行く場面は、以下のようなものである。平八郎は、誠から詰られることを予想している。

「ぼくのお父さんですか？」

かすれた声で誠は訊いた。平八郎が頷くと同時に、誠はこう言ったのである。

「お父さんの、腎臓を下さい。お願いですから、ぼくに、下さい」

最後は言葉になっていなかった。誠の息遣いは荒く、舌もちゃんと廻らなくなっていたのだった。平八郎は目を閉じ、深くうなだれて、何度も何度も首を縦に振った。なぜ自分は、二年半前にそうしなかったのだろうか。平八郎は涙をこらえられなかった。彼は涙をしたたらせながら、誠の頭や眉や鼻をさわった。そこだけむくみのない痩せた胸を撫でさすった。手術を受けられる状態にならないまま、息子の命が尽きてくれるよう願う気持は消え去っていた。誠の思いがけない言葉は、平八郎を、瞬時のうちに、不幸な息子の血のつながった真の父親にさせた。


さらにこの誠の言葉を後に思い出した際には、「平八郎は胸に何本もの針を刺し込まれるような痛みを感じ、呻き声をあげてのたうち廻りたい衝動に駆られた」と書かれている。

そうして、そのまま急に北海道のトカイファームに行きたくなり、仕事もほっぽり出して訪ねた翌朝、階下で電話が鳴ると、「平八郎の体は金縛りに」なる。多田からの電話は、言うまでもなく、誠の死を知らせるものであった。

また、久美子が見た誠の様子が列挙される場面も沈痛である。


亡くなる半年前あたりから、誠は、写真ではなく本物のオラシオンを見たい、一度でいいから、その背にまたがってみたいと言うようになり、さらには、死んでもいいから冷たい水を好きなだけ飲み、蕗の葉の煮つけで腹一杯お茶づけが食べたいなどと真顔で口走ったりした。

この、冷たい水とお茶づけは、読者の中の哀しみの感情を殊更にかきたてるのではないか。しかし、この表現によって、なぜ哀しくなるのかについては、説明が困難である。魔法のような言葉である。

作者は、運や偶然を描くという大枠において、人生という全面的な理解の不可能なものへ近づこうという試みが、いずれ無謀なものであることを、既に潜在的に読者に伝え終わっていたのであろう。読者は、どの挿話にも、人間の無力さを感じ取る。しかし、その無力さは、絶望を与えるものではなく、無力であっても、一縷の可能性にすがる点に、最終的な人間らしさの可能性をも読者に伝えるものなのではないか。運や偶然を描くこととは、この一点に「賭ける」方法なのである。

五、織田作之助「競馬」を補助線に、賭けることの哀しみについて

織田作之助に「競馬」(『改造』一九四六年四月)という作品がある。ある男の嫉妬と運を交錯させる物語である。淀の競馬場を舞台にするこの小説は、賭け事が多くの場合、失敗に向かうという基本原理を過たないが、その一方で、それでも賭けてみたく思う、ある人間の真実が共通して描かれている。

小説は、まずもって競馬の場面から始まる。

> 迷ひもせず一途に1の数字を追うて行く買ひ方は、行き当りばつたりに思案を変へて行く人人の狂気を遠くはなれてゐたわけだが、しかし取り乱さぬその冷静さがかへつて普通でなく、度の過ぎた潔癖症の果てが狂気に通ずるやうに、頑なその一途さはふと常規を外れてゐたかも知れない。寺田が1の数字を追ひ続けたのも、実はなくなつた細君が一代といふ名であつたからだ。
>
> 寺田は細君の生きてゐる間競馬場へ足を向けたことは一度もなかつた。寺田は京都生れで、中学校も京都

A中、高等学校も三高、京都帝大の史学科を出ると母校のA中の歴史の教師になつた（略）。
寺田の細君は本名の一代といふ名で交潤社の女給をしてゐた。（略）一代はそこのナンバーワンだつたから、
寺田のやうな風采の上らぬ律義者の中学教師が一代を細君にしたと聴いて、驚かぬ者はなかつた。

右の説明で、実は物語の大筋は尽きてしまう。この後の物語に一貫するものがあるとするならば、それは、寺田の一代への愛情の裏返しである、強烈なる嫉妬心である。一代がまだ病床にあった頃、一代宛の速達の葉書が一通届き、そこに「明日午前十一時、淀競馬場一等館入口、去年と同じ場所で待つてゐる。来い。」と書いてあったことから、未だに他の男との関係が続いていたのかと、その嫉妬は始まる。しかし、一代はその後すぐに死んでしまったので、直接彼女を責めることもできずにいた。一代の死後、寺田は放心状態にあったが、ただ、「折れた針の先のやうに嫉妬の想ひだけは不思議に寺田の胸をチクチクと刺し、毎年春と秋競馬のシーズンが来ると、傷口がうづくやうだつた。競馬をする人間がすべて一代に関係があつたやうに思はれて、この嫉妬の激しさは寺田自身にも不思議なくらゐであつた。」というような状態に陥る。

そんな寺田が、競馬にはまる。旧師に美術雑誌の編輯を斡旋してもらい、ある作家に原稿を頼むと、「淀の競馬の初日に競馬場へ持つて行くから、」と言われ、いやいやながら出かけていった競馬場で、「ふらふらと馬券を買ふと、寺田の買つた馬は百六十円の配当をつけた」。この時の感覚を、「払戻の窓口へさし込んだ手へ、無造作に札を載せられた時の快感は、はじめて想ひを遂げた一代の肌よりもスリルがあり、その馬を教へてくれた作家にふと女心めいた頼もしさを感じながら、寺田はにはかにやみついて行つた」のである。寺田のおぼれ方は以下のような極端なものであった。

小心な男ほど破目を外した溺れ方をするのが競馬の不思議さであらうか。手引きをした作家の方が呆れて

しまふ位、寺田は向ふ見ずな賭け方をした。執筆者へ渡す謝礼の金まで注ぎ込み、印刷屋への払ひも馬券に変り、ノミ屋へ取られて行つた。（略）

そして八日目の今日は淀の最終日であつた。これだけは手離すまいと思つてゐた一代のかたみの着物を質に入れて来たのだ。（略）一代の想ひと共に来たのだといふことよりほかに、もう何も考へられなかつた。そしてその想ひの激しさは久し振りに甦つた嫉妬の激しさであらうか、放心したやうな寺田の表情の中で、眼だけは挑みかかるやうにギラついてゐた。

だから、今日の寺田は一代の一の字をねらつて、1の番号ばかし執拗に追ひ続けてゐた。その馬がどんな馬であらうと頓着せず、勝負にならぬやうな駄馬であればあるほど、自虐めいた快感があつた。ところが、その日は不思議に1の番号の馬が大穴になつた。（略）寺田ははじめのうち有頂天になつて、来た、来た！と飛び上り、まさかと思つて諦めてゐた時など、思はず万歳と叫ぶくらゐだつたが、もう第八競走までに五つも単勝を取つてしまふと、不気味になつて来て、いつか重苦しい気持に沈んで行つた。すると、あの見知らぬ競馬の男への嫉妬がすつと頭をかすめるのだつた。

やはりここでも、嫉妬が寺田を苦しめている。こんな寺田を、さらに苦しめる出来事が起こる。朝から三度も大穴の窓口で顔を合わすジャンパーの男が、あの「競馬の男」ではないかという疑いがもたげてきたのである。こののちの展開は省略するが、結果的に、寺田は、ある意味で、一代を欲しているというより、一代への嫉妬心に酔っているのであり、それはちょうど、競馬の勝ち負けに一喜一憂しながらも離れられない、賭け事への執着心そのものである。

一方、「優駿」にも、当然ながらいくつかのレースの場面が描かれているが、中心となるのは、寺尾が死んだレース、オラシオンの皐月賞のレース、そして最後のオラシオンのダービーである。

寺尾は、幼い頃に顔が歪むほどの怪我をしたミラクルバードに騎乗してレースに臨むが、ミラクルバードは本来奈良が乗るはずの馬で、寺尾が石本調教師のひとり娘と結婚をする代償として、騎乗する権利をいわば横取りされたのであった。納得できない奈良は寺尾に、ミラクルバードを御すコツを教えると言って、集団に入るという、やってはいけない方法を教える。それを実行して、寺尾は案の定落馬する。

黄色い帽子がすさまじい勢いで落ちた。転倒した馬をよけきれなかった馬がつづいて転び、アナウンサーのほとんど絶叫に近い声が、ジョッキールームにいる騎手たちを沈黙させた。二頭の馬がのたうっていた。落馬したふたりの騎手のうちのひとりはすぐに立ちあがった。だがもうひとりはぴくりとも動かなかった。寺尾であった。ミラクルバードは横たわったまま四肢を痙攣させていた。（略）

「死んだァ。寺尾もコン助も死んだァ」

奈良は立ちあがって叫んだ。舌がもつれ、ちゃんとした言葉になっていなかった。

「死んだァ。死んだァ」

荒木が奈良をうしろからはがいじめにし、他の騎手たちも左右から奈良を押さえた。彼等は奈良が、てっきり気がふれたと思い、無言で互いの顔を見つめ合っていた。奈良の、死んだァという叫びが、居合わせた騎手たちには、「ひんざあ、ひんざあ」と聞こえたからであった。

次に、皐月賞の場面では、圧倒的な力強さとスピードを見せながら、苦しさを見せないことが、実は騎手も騙されているオラシオンの性格ではないかと、複数の人間に言われ、一度抑えてみようと試みる場面である。

地響きは、次第に大きくなってきた。うしろの馬が行き始めたのである。オラシオンがまたハミを受けた

がった。奈良は、のらりくらりと、それを外した。やがて奈良には、地響きが、風の音に聞こえ始めた。（略）

もう一呼吸、もう一呼吸……。（略）

「よし、クロ。行けェ！」

と叫び、ハミをかけた。オラシオンはたちまち宇山の馬と並び、直線の坂をまっすぐ走った。奈良は鞭を使わなかった。ゴール前百メートルでロベルトダッシュを抜き、並ぶまもなく、アップショットを抜いた。（略）オラシオンは寸分も内にささることなく、ゴール板を駆け抜けた。

二位を四馬身離した圧勝である。ここには、騎手と馬とのやりとりと、技術により、勝利がもたらされることが強調されている。

これを一つの前置きとして、いよいよ、クライマックスのダービーの場面が用意される。平八郎は、藤川伝三老人から、日本の競馬を守り、貴重な幾つかの血脈を守るために、馬産業に就くことを頼まれる。その際にも、「ダービーに勝ったら」と返答する。その考えの裏には、「ダービーは運のいい馬が勝つ」という言葉が浮かんでいる。三冠馬のうち、皐月賞は速い馬、ダービーは運のいい馬、菊花賞は強い馬が勝つと言われる、そのうちの「運」に賭けるのである。

「直線コースまで我慢してくれ。直線は五百メートルもあるんや。クロ、頼む。我慢してくれ」

奈良は、そう心の内でオラシオンをさとした。

糸見の馬とオラシオンとは、十五馬身近く離れていた。（略）セントホウヤがオラシオンをかわして、四番手に取りついた。オラシオンが自分でハミを受け、速度をあげた。奈良はハミを外そうとした。オラシオンの意思は強かった。奈良の、のらりくらりと外そうとするたづなさばきを、いともたやすくあしらった。奈良はなんとかハミを外そうと焦った。けれども、もう外せなかった。奈良はうろたえ、「しまった、失敗した」と思ったが、もうそうなったら、オラシオンにさからうわけにはいかなかった。（略）ハミをどんなに外そうとしても、オラシオンは、がっちりと受けて、自分でレースを始めたのである。（略）ゴール前百メートルで、オラシオンは先頭に立った。内側から迫って来る足音がセントホウヤのものであることは、奈良には確かめなくてもわかった。奈良は、もうひたすら渾身の力と呼吸でオラシオンを追いつづけるしかなかった。外から、荒木のロベルトダッシュが差し込んで来た。けれども、その差はまだ五馬身近くあった。

あと五十メートルや。奈良がそう思ったとき、オラシオンが内側によれた。絶望感が、奈良を捨鉢にさせた。まだセントホウヤは、オラシオンから一馬身半ほどうしろにいたが、オラシオンが内によれたことで行き脚が鈍ったのは間違いがなかった。オラシオンは、ロベルトダッシュに半馬身まで詰め寄られたが先頭でゴール板を駈け抜けた。奈良は、全身から血の気が失せていくのを感じた。

「失格や。失格やぞ。誰が見ても、失格やぞォ！」

増矢は、奈良の横に来て、怒鳴った。

こうして、結果は「審議」に持ち込まれる。長い審議時間を経て、次のようなアナウンスが流れる。

「おしらせいたします。十番・オラシオン号が、最後の直線走路で内側へ斜行した件につき審議いたしましたが、着順を変更するまでには至らないと判断し、入着順位どおり確定いたします」

久美子は博正にむしゃぶりついた。

これがこの小説の、読者の期待の到達点として設定されてきた地点である。宮本輝もまた、この長い、簡単には言うことを聞かないシークエンスの群れによるレースを、ここで制したと言えよう。

おわりに―事実から小説へ―

二〇〇五年五月、追手門学院創立一二〇周年を記念して、追手門学院大学附属図書館内に、「宮本輝ミュージアム」が付設された。学院自体は長い歴史を持つが、大学の設置は後れ、一九六六年になってようやく第一期生を迎えた。その中に、宮本正仁、つまり後の宮本輝も含まれていた。第一期生であることは、大学と同じ生まれ年であるということになる。彼らには先輩もなければ、昨年度の授業情報もない。宮本輝の場合、テニス部に入部するということが、テニスコートを作ることをまず意味した。「青が散る」の主人公椎名燎平と、キャプテンの金子慎一は、学長に直談判し、ポケットマネーから、コートを作るためのトラック三台分の土代をもらい、高校用のグラウンドの一角に、スコップとツルハシとで、一ヶ月かけて、クレーコートをまさしく手作りしたことになっている。

ただし宮本輝自身は、「青が散る」の「あとがき」に、「二、三、モデルとなった者もいますが、青春という舞台の上に思いつくままに私が創りあげた虚構の世界で、実際に起こった事件も何ひとつありません。」と書いている。これによると、この小説の正しい読み方として、モデル探しをするよりも、どう作られているのかを読み取るべきと思われる。追手門学院大学をよく知る読者にとり、読書の途中に、情景が目の前に広がることも事実である。人間は、未知のものに対し、既知の情報を当てはめて理解するものだからだと思われる。しかし同時に、虚構の大切さを、作者は読み取って欲しいようなのである。

さて、大学が開設された時、初代学長に就任したのは、天野利武であった。「青が散る」では、「著名な心理学者でもある学長」という言葉で、モデルであることがさらりと紹介されている。この小説の縁もあり、現在、追手門学院大学の将軍山会館から食堂棟に向かう途中にある、「初代学長故・天野利武先生顕彰碑」の碑文は、宮本輝の筆によっている。

　宮本輝ミュージアムは、宮本輝の全面的な協力を得て、彼の原稿や作品など、貴重な資料の保管とさまざまな展示を行っている。常設展示として、宮本輝の作品はもちろん、年譜、愛用品、写真などから、サインや落款の入った著書、また原稿の複製などを展示する他、映画化された作品やオリジナルビデオなどのAV資料も所蔵している。さらに、毎年、さまざまな企画展や、出張展示も行っている。

　燎平と彼の友人たちは、大学新入生という、最も自由を謳歌できる青春の真只中にいる。一方、追手門学院もまた、それまで、小学校から高等学校までを持つ総合学園であったが、大学は新設のものであり、ようやく成人しかかったばかりと譬喩できるような存在であった。両者は、ちょうど同じ青春期にあったわけである。これを象徴的に示すのが、スクールカラーでもある、「青」という色である。

　ちなみに追手門学院大学では、小説家宮本輝と、この小説にちなみ、「青が散る」Awardという、文章コンクールも、二〇一七年度まで行っていた。

　原稿や所持品を中心とする宮本輝ミュージアムの収蔵品には、宮本輝の伝記的事実を示す確かな証拠となりうるものがある。ここを訪れると、未だにこの作家や文学をめぐる、新しい発見があるだろう。

　しかしながら、本書が目指したのは、このような作家の事実の側面ではない。

　作家自身の体験や事実という物語の種を、どのような小説に仕立て上げるのか。この書で一貫して問い続けたのは、宮本輝の小説の作り方の側面であった。作者にとって、モデルとなった事実探しを読者に求めたのではないと信じているからである。

　作者が読んで欲しいもの、それは何か。それは、作者の工夫、作者にしかできなかった描き方、作者の小説作法だと思うからである。

　小説という分野が、虚構であり、その点が芸術性を担保しているかぎり、事実と小説とのこの関係については、読者として、常に認識し続けなければならない。しつこいようであるが、我々が読んでいるもの、それは、小説であり、作者の体験や伝記的事実などではないのである。

この問いは、大袈裟に言えば、小説とは何か、という問いでもある。宮本輝の圧倒的な分量を誇り、内容と方法の双方において多岐に渉る小説群は、この答えを探究するために、格好の対象であった。

附録　宮本輝ミュージアム　挨拶文集

一、縁と偶然、人と人とのつながり

２０１５年４月１日付で、宮本輝ミュージアムのプログラム・ディレクターに就任いたしました真銅（しんどう）と申します。国際教養学部所属で、日本近現代文学を専攻しております。

今から２０年ほど前、１９９６年８月号の『国文学』という雑誌が、「現代作家のキーワード」という特集を組んだことがありました。その時、私に振り当てられたものの一つが、「幸福＝宮本輝」という項目でした。この時までは、宮本輝さんの研究をしていたわけでもなく、一愛読者に過ぎなかったのですが、この項目執筆から、宮本輝さんの小説との深いお付き合いが始まりました。

まず、講談社文庫の『オレンジの壺』を皮切りに、同じく講談社文庫の『朝の歓び』と『新装版・ここに地終わり　海始まる』の巻末解説を担当しました。また、『日本経済新聞』には、『睡蓮の長いまどろみ』や『森のなかの海』の書評を掲げました。その他、『月刊国語教育』という、主に国語科教員向けの雑誌に、「宮本輝―人と作品―」という紹介を書いたり、講談社の『IN★POCKET』という文庫版の広報誌に、「宮本輝の小説作法」という小文を掲げたりしました。いずれも、もうかなり昔のことです。

このたび、ご縁があって、宮本輝さんが第一期卒業生である追手門学院大学で教鞭をとることになりました。全くの偶然ですが、何かしら、特別なご縁を感じます。

思えば、私が宮本輝さんの小説についてものを書くきっかけとなりましたのが、「幸福」というキーワードでした。最近の『毎日新聞』の「今週の本棚・本と人」欄においても、宮本輝さんは、「人知れず支え合う気高さ」について述べておられます。日本の近現代小説において、「幸福」を真正面からテーマに据える作品は、実はさほど多くはありません。むしろ、悲しみや苦しみ、悩みなどが、近現代小説のテーマ群の中心でした。宮本輝さんの長い間にわたる小説執筆をとおしての試みは、むしろ困難なものであったはずなのです。そこには、宮本輝さんの、人と人とのつながりの大切さへの特別なる思いが見て取れます。

宮本輝ミュージアムは、このような宮本輝文学の特徴や、その魅力の理由などを、さまざまな発信方法を通じて、皆様にお伝えしたいと思っています。

われわれの活動を、温かく見守ってくださいますよう、どうぞよろしくお願い申し上げます。

二、２０１５年度　後期企画展　チラシ裏面

宮本輝の名言集Ⅱ

小説を読んでいると、ふと、とても美しい言葉や言いまわしに出会うことがあります。ある真理を上手く言い当てているなあ、と感心する言葉や、思いもよらなかった事象を新しく指し示してくれるような言葉は、人を強く惹きつけます。表現が、一種の魔法のようにも思えます。

宮本輝も、現代の言葉の魔術師の一人です。

小説の中の言葉は、その小説を構成する重要な要素であると同時に、その小説から切り離されても、時に、独立した魅力の輝きを放ちます。この２０１５年度後期企画展においても、宮本輝の文章から、素敵な言葉をたくさん集めてみました。ぜひ、声に出して、これらの言葉をじっくりと味わってみてください。その声の先に、別世界が広がると思います。

その次に、これらの言葉を、いろいろな場面に移し替え、援用してみてください。新しい文脈の中で、別の魅力の相貌を見せることと思います。

この企画展をきっかけに、宮本輝の美しい言葉たちが、口から口へと伝えられていくことを、心より願っております。

三、２０１６年度　前期企画展　チラシ裏面

宮本輝の今

小説は、通常、作家の書斎で生み出されます。書斎とは、作家の思考の場であり、執筆のための資料と向き合う場であり、創作の場でもあります。

今、この瞬間、作家宮本輝は、どこでどのようにすごしているのでしょうか。伊丹市にある自宅の書斎で、机に向かっているのでしょうか。もしそうなら、何を思い、何を書いているのでしょうか。

このようなことを想像できるのは、実は幸福なことかもしれません。なぜなら、このような想像が可能であるためには、その作家が、とにかく、小説執筆の現役であり、なおかつ、フロントランナーでなければならないからです。

１９４７年生まれの宮本輝は、60代後半の今、連載小説を三つも抱えています。これまでにない仕事量です。これは、体力的にもかなり「しんどい」ことと思われます。

しかし、宮本輝は、あるインタビューに答えて、「作家が一番脂が乗るのは70代だと思っています」と述べています。これからの活躍がますます期待されます。

美味しい料理をたくさん小説の中に描く宮本輝にあやかって言うならば、料理としての彼の小説は、シェフがベテランになり、かなり熟したものになってきました。旨みもどんどん増しています。

70代直前の宮本輝の「今」を、どうぞこの企画展でじっくり味わってみてください。

四、２０１６年度　後期企画展　チラシ裏面

半世紀の歩み

２０１６年は、追手門学院大学創立50周年の記念すべき年です。５月29日にグランフロント大阪で開催された記念式典では、大学第１期生である宮本輝氏に、その輝かしい業績を讃え、大学から名誉フェローの称号が授与されました。宮本輝氏はこれに応えて、ユーモアを交えた、大学の未来を言祝ぐ素晴らしいスピーチを披露して下さいました。

宮本輝ミュージアムでも、この記念すべき年に、50年の歳月を振り返る展示を企画いたしました。写真に残された50年前のキャンパスや、当時の学生たちの姿。宮本輝氏ご自身が写る硬式テニス部の合宿の様子や、テニスコート。当時の学生たちの制服や、木製のテニスラケットなど。一枚一枚の写真、一つ一つの物たちの中に、その時代を生きた人々の思い出が詰まっています。これらを巡覧することにより、この大学に流れた50年という時間を再確認していただければと思います。

一人一人の学生にとっては、たった４年間の大学生活ですが、毎年新しい学生が入学し、ここで学び、卒業するということが繰り返され、大学に流れる時間は先輩から後輩へと引き継がれます。この歴史はさらに未来へと続いていきます。在学生の皆さんは、今、この歴史の流れの最先端に立っています。また追手門学院大学に関わるあらゆる人々が、歴史の流れをより豊かにして下さっています。

ぜひご来場の上、この50年の歴史の流れをご体感くださいますよう、心からお願い申し上げます。

五、２０１７年度　前期企画展　チラシ裏面

宮本輝ことばのレストラン

宮本輝の小説の中には、時に、実に美味しそうな料理が登場します。「花の降る午後」に登場するフランス料理店「アヴィニョン」のマダムである甲斐典子は、夜食として「フォアグラとうずらのパイ皮包み」を食べています。「骸骨ビルの庭」に描かれる「みなと食堂」の湊比呂子は、「鯖の味噌煮」や「牡蠣のしぐれ煮」、「地鶏の手羽先の燻製」や「豚肉のポトフ」などを店で出しています。どれも涎が出そうなものばかりです。

これらはすべて言葉で表現された料理で、当たり前ですが実際に口にすることはできません。読者はただ想像するだけです。にもかかわらず読者がもしそれを美味しそうに思ったとするならば、それは、読者に、そこにないものをあると感じさせる言葉の魔法に他なりません。極端な話をすれば、本当は存在しない料理でも、小説ならば描くことは可能なのです。

小説家はその意味で、言葉を使って料理を作り出すシェフと呼べます。宮本輝は、美味しそうな料理を提供する第一級のシェフです。

では、宮本輝が作る料理たちを存分にご賞味ください。きっと宮本輝の小説のもう一つの魅力に気づくでしょう。言葉だけでできた芸術である小説は、ストーリーを読むだけではもったいないものなのです。じっくり想像しなければ小説を読む真の喜びは得られません。

ようこそ、宮本輝の「ことばのレストラン」へ。

六、２０１７年度　後期企画展　チラシ裏面

「異国の窓」から

宮本輝の小説は、日本国内のみならず、多くの言語に翻訳されて、海外の人々にも読まれています。例えば「錦繍」。英語、中国語（簡体字、繁体字）はもちろん、フランス語、ロシア語、韓国語、スペイン語から、ルーマニア語、ヘブライ語、ヴェトナム語にまで訳されています。なぜこれほども多くの国の人々を惹きつけるのでしょうか。

作品の舞台となった国の人々が、自らの住む場所の魅力について再認識するに至ったこともその要因の一つでしょう。作品には、アジアやヨーロッパ各国、アメリカ合衆国などの、さほど有名でない街や地域まで登場します。

しかし、やはり世界中の人々に共通する魅力の存在が想定されます。それは、宮本輝文学における温かな魂の交感によるストーリー展開です。

人と人とが偶然出会うところから、あらゆる物語は動き始めます。これはどの国でも同じです。時に切なく、時に哀しく、また時に感動的な人間模様を描く宮本輝の文学は、人間を中心とする物語の王道を行くといえます。さらにそれらの物語の多くにおいて、作中人物たちが人種や国境を越えて交流します。読者はそのためよけいに、劇的な人間関係の魅力を再認識します。

まずはここで、宮本輝文学に描かれる世界の国々に、仮想旅行を試みてください。そしていずれは旅行や留学という形で、訪問を実現してください。この企画展が、そのきっかけとなればと思います。

七、2018年度　前期企画展　チラシ裏面

生きものたちのロンド

宮本輝の文学には、象徴的な生きものがよく登場します。「優駿」の競走馬をはじめ、「泥の河」のお化け鯉や船端の青く燃える蟹、「螢川」の螢、「道頓堀川」の三本足の犬、「春の夢」の柱に打ち付けられたとかげのキンちゃんなどが、重要な役割を担って物語を彩ります。しかし、その大半が、いわゆるペットとは言いがたい存在です。ペットらしい代表は、「彗星物語」のフックです。ペットとは優しく撫でるという意味の動詞でもあります。登場人物たちは、この「アメリカン・ビーグル種の、ことし八歳になる牡犬」をことさら愛玩し、撫でさすっています。

宮本輝に「私の愛した犬たち」という文章があります。これによりますと、宮本輝自身、この小説の執筆当時、同じビーグル犬を飼っていました。既に宮本輝にとって六匹目のその犬は、マックという名で、フックを連想させます。その前に飼っていたコロという犬が死んだ際、「生涯二度と生き物は飼うまい」と誓ったはずなのに、また飼ってしまう。この気持ちは、動物好きの方なら誰しも共感できるところでしょう。その懲りない理由を、宮本輝は、「私の幼い息子たちに、愛するものを与えたかったからであり、生老病死という厳然たる法則を自然のうちに認識させたかった」と書いていますが、確かに生き物は、我々人間の姿と心を映す鏡のような存在かもしれません。

生きものに注目することで、全く違った視点から宮本輝文学を味わい直してみるのはいかがでしょうか。

註　2018年度　後期企画展（大阪北部地震のため、開催できず）

八、２０１９年度　前期企画展　チラシ裏面

「流転の海」展

二〇一八年度に刊行された「野の春」をもって、宮本輝が三七年もの間、営々と書き続けた「流転の海」シリーズが、全九巻で完結しました。自らの父をモデルにしたこの自伝的シリーズの完結は、一人の作家の偉業であるとともに、日本文学の高い到達点として、各界からさまざまな形で顕彰されています。例えばつい最近では、宮本輝が第六〇回毎日芸術賞を受賞しました。「毎日新聞」の「毎日芸術賞の人々1」（二〇一九年一月七日）には、宮本輝の「大仕事を終えた気持ちです。受賞は書き上げたことへの『ご苦労さん』という、ご褒美だと受け止めます」という喜びの言葉が紹介されています。

一昨年と昨年には、富山（高志の国文学館）と姫路（姫路文学館）で、特別展「宮本輝　人間のあたたかさと、生きる勇気と。」が開催されました。また、昨年一一月五日には、「流転の海」シリーズの出版記念パーティーが、帝国ホテル東京で開催されました。

我が宮本輝ミュージアムでも、この大作の完成を祝い、これを記念する展示を行うことにしました。

ご高覧を心よりお待ちしております。

九、２０１９年度　後期企画展　チラシ裏面

「流転の海」展後期

前期企画展に引き続き、「流転の海」シリーズの全九巻完結を記念する展示を行います。一九七七年（昭和五二年）に「泥の河」でデビューして以来、宮本輝の作家生活は、既に四二年目を数えます。この間、実にさまざまな作品が世に送り出されてきました。

一方、「流転の海」シリーズは、一九八二年から連載が開始されました。デビューから五年後のことで、昨年の完結まで、三六年間にもわたる営為です。「流転の海」のそれぞれの作品は、作家宮本輝のそれぞれの時代の作品群を縫うように書き継がれてきました。九作品が、宮本輝の作品史のマイルストーンのように置かれています。

そこで、今回の企画展では、作品同士の類似点を拾い上げ、同じ場所や同じ人物関係が、作品によってどのように書き分けられているのかを見てみたいと思います。

追手門学院大学を舞台にした「青が散る」は一九七八年から連載が始まったものですが、ちょうど四〇年後の昨年に完結した「流転の海」シリーズ最終巻の「野の春」においても、再び取り上げられています。この両作品の比較などは特に興味深いものです。

ぜひ、宮本輝文学の現時点での全体像を、この企画展でお楽しみください。

初出一覧

はじめに―小説の書き方について―

第一章　「泥の河」―中之島・音による「大阪」の再現―……「「泥の河」にみる、音による「大阪」の再現」（追手門学院大学『国際教養学部紀要』第一二号、二〇一九年二月）

第二章　「螢川」―富山・芥川賞の意味―……書き下ろし

第三章　「星々の悲しみ」―中之島・文学と絵画―……書き下ろし

第四章　「道頓堀川」―道頓堀・食道楽の街―……書き下ろし

第五章　「錦繍」―蔵王・書簡体小説と偶然性―……「「錦繍」における偶然」（追手門学院大学『国際教養学部紀要』第一一号、二〇一八年一月）

第六章　「青が散る」―茨木・青春小説の枠組―「「青が散る」の構造」（追手門学院大学『国際教養学部紀要』第一〇号、二〇一七年一月）

第七章　「春の夢」―東大阪・場末とホテル―……書き下ろし

第八章　「ドナウの旅人」―ドナウ川・旅の風景―……書き下ろし

第九章　「葡萄と郷愁」―東京／ブダペスト・官能の世界……書き下ろし

第一〇章　「優駿」―北海道・偶然の魅力―……書き下ろし

おわりに―事実から小説へ―

あとがき

二〇一九年六月三〇日、追手門学院大学のホームカミングデーにおいて、本学第一期生の宮本輝さんとの記念対談を、とのお話をいただいた。

実際には、対談というよりインタビューであった。私はほぼ一方的な聞き手として、前年に完結した「流転の海」シリーズ、とりわけ最終巻の「野の春」について、貴重なお話をうかがい、実に幸福な時間を過ごすことができた。

宮本輝さんは対談の名手で、今回も、私の下手な水の向け方にも拘らず、話題毎に、会場からの笑いを誘いながら、「流転の海」シリーズの主人公のモデルである父との思い出などを要領よく話された。そこには人生におけるものの見方についての核心的な話も含まれていた。時にしみじみと、時に熱くメッセージを込めて、その語り分けは実に見事で、会場はずっと惹きつけられ続けた。用意された一時間があっという間に過ぎ、大いに盛り上がって大団円となった。

この対談の最中も、私は、自らの文学研究のために、宮本輝文学の方法的秘密を探ろうと策を弄し、さまざまの自らの関心に基づく質問を繰り出したが、ことごとく、赤子の手をひねるようにはぐらかされた。方法についての問いなど下らないと思えるような、素材の魅力についての話が中心であった。

それでも、である。それでも私は、小説には方法があると信じている。宮本輝文学も例外ではないと信じている。そしてその片鱗は、この対談の中でのさまざまな発言からも確証を得たと思っている。氏は、小説のどこまでが本当で、どこからが虚構であるというような問いは愚問であることを強調された。しかし、ここには、虚構のための方法意識が潜んでいることも確かであろう。ここで言う方法とは、作者の意図をも超えて、我々に、小説なるものが一定の形を持ち、誰にもある程度までは共通して理解可能な芸術であることの条件の謂いである。

宮本輝文学を論じ始めてから、既に二〇年以上の歳月が経った。講談社文庫の『朝の歓び』の解説を書いた際に、宮本輝さんから、温かい感謝の年賀状を戴いてから、ずっと、いつかはこのような書を書きたいと思ってきた。ふだんの文学研究のスタイルとは別に、宮本輝の一読者として、その小説をより深く味わうために、張り巡らされた方法の網を一つ一つ解いていくようなものを書きたかった。そして今回、一〇作品というごく少数の作品について、とりあえず形にすることができた。

実はもう一〇作品分は原稿も出来上がっている。その他にも論じたい作品がたくさんある。その中にはもちろん、「流転の海」シリーズも含まれている。

日々の忙しさに取り紛れ、文学からやや遠ざかった生活を送り続けているが、何気ない瞬間に、文学の世界の方へ呼び戻してくれるのが、宮本輝文学をゆっくり読むという行為である。この喜びは、これからも末永く続け、できれば全長篇作品を論じ尽したい。迷いや戸惑いの多い我が人生に、常に指針と勇気と幸福感を与えてくれる宮本輝文学への恩返しがしたいのである。

本書の刊行に際しては、丸善雄松堂の西村光さんにお世話になった。本当にありがとうございました。

本書における宮本輝作品の引用は、『宮本輝全集』全一四巻（新潮社、一九九二年四月～一九九三年五月）の本文に統一した。

なお、本書は、二〇一九年度追手門学院大学刊行助成制度による助成を受け、追手門学院大学出版会から刊行するものである。

二〇一九年一一月三日

真銅　正宏

著者紹介

真銅　正宏（しんどう　まさひろ）

1962 年、大阪府生まれ。博士（文学）（神戸大学）。神戸大学大学院文化学研究科（博士課程）単位取得退学、徳島大学総合科学部助教授、同志社大学文学部教授等を経て、現在、追手門学院大学国際教養学部教授。同大学宮本輝ミュージアム　プログラム・ディレクター。専攻は日本近現代文学。

主な著書に、
『匂いと香りの文学誌』（春陽堂書店、2019 年）、『触感の文学史』（勉誠出版、2016 年）、『偶然の日本文学』（勉誠出版、2014 年）、『近代旅行記の中のイタリア』（学術出版会、2011 年）、『永井荷風・ジャンルの彩り』（世界思想社、2010 年）、『食通小説の記号学』（双文社出版、2007 年）、『小説の方法』（萌書房、2007 年）、『ベストセラーのゆくえ』（翰林書房、2002 年）、『永井荷風・音楽の流れる空間』（世界思想社、1997 年）
以上単著、
『小林天眠と関西文壇の形成』（和泉書院、2003 年）、『大阪のモダニズム』（ゆまに書房、2006 年）、『ふるさと文学さんぽ京都』（大和書房、2012 年）、『言語都市・上海』（藤原書店、1999 年）、『言語都市・パリ』（藤原書店、2002 年）、『パリ・日本人の心象地図』（藤原書店、2004 年）、『言語都市・ベルリン』（藤原書店、2006 年）『言語都市・ロンドン』（藤原書店、2009 年）
以上共編著　など。

宿命の物語を創造する
宮本輝の小説作法 PART Ⅰ

2020 年 1 月 20 日初版発行

著作者　真銅　正宏

発行所　追手門学院大学出版会
〒 567-8502
大阪府茨木市西安威 2-1-15
電話（072）641-7749
http://www.otemon.ac.jp/

発売所　丸善出版株式会社
〒 101-0051
東京都千代田区神田神保町 2-17
電話（03）3512-3256
https://www.maruzen-publishing.co.jp

編集・制作協力　丸善雄松堂株式会社

組版／株式会社 明昌堂
印刷・製本／大日本印刷株式会社
ISBN978-4-907574-21-5 C0090